U0020236

花開少女華麗島

楊双子——著

獻給

楊若暉

目次

輯二　花物語

輯三　少女夢

【附錄】

推薦序

少女的文明開化之夢

——讀楊双子《花開少女華麗島》

朱宥勳

一九九八年，伍佰推出了臺語專輯《樹枝孤鳥》。這張專輯的概念，始於一個問題意識：「如果一九五〇年代的臺語歌傳統沒有斷絕，演變到現在會怎樣？」這是一次令人動容的、重新發明歷史傳統的嘗試。而伍佰也在專輯中的〈返去故鄉〉寫下了這樣宣言式的歌詞：「我的雙腳站在這。我的鮮血，我的目屎，攏藏在這個土腳。」

在評介楊双子的「歷史百合小說」時，以如此陽剛的伍佰來開場，似乎是有點奇怪的事情。但楊双子的小說確實讓我想起伍佰，這兩者都是「重新發明歷史傳統」，一種接上被截斷的歷史之芽的努力。只是楊双子要接回來的，是日治時期曾經有過的「少女小說」的傳統。

繼《花開時節》之後，楊双子再次繳出了一本以日治時期的少女為主題的小說《花開少女華麗島》。這本由十個短篇小說組成的新書，除了第三篇〈站長的少妻〉以外，每一篇的主角都是出自於長篇《花開時節》的角色。在主題上，《花開少女華麗島》也沿襲了《花開時節》的基調，緊扣「少女即將成人，她能否選擇自己的生活？」的問題。

而由於採取短篇小說集的形式，這本新書觸及了比前作更廣的面向。除了臺灣仕紳之女外，也處理了來自日本人家庭，以及臺灣其他社會階層的少女們。她們人生的出發點各異，然而身為女性，卻因為婚姻等制度性的安排而身不由己，這點則是如一的。兩本書的關係猶如孿生姊妹，可以攜手同心、互相支援。如果先讀過前作，想必會對這幾個短篇更有感覺，側面使這個「花開宇宙」更加立體、充實；而如果讀者是先讀過本書再讀前作，也會讚歎於每一個配角、每一個細節背後的沉積是多麼深厚。

在《花開時節》中，楊双子嶄露了她布局緊密、舉重若輕的長篇小說身手；而《花開少女華麗島》的諸短篇則是考較楊双子如何在一萬字左右的篇幅中小巧騰挪。總的來看，《花開少女華麗島》的文字仍然保持了楊双子高度耽美、十分擬真的「日本化風格」。從用詞到句法，楊双子無不盡力將讀者帶回那個纖細柔軟的少女時代。

而文字影響思路，這種氛圍也影響了情節的特性。在故事當中，許多「衝突」或「粗魯」的段落，在現代人看來簡直纖柔得不可思議，比如〈花開時節〉中，敘事者質問雪子未來的打算；或者〈木棉〉裡，春子與明霞就演奏問題的「爭吵」，都是顯明的例子。然而，正是這種「小題大作」，使得楊双子的「歷史百合小說」有著鮮明的風格，數行之內就能讓讀者墜入作者所設定的氛圍之中。

除了內容上有一致的「花開宇宙」氛圍，這本書的諸短篇也有非常近似的結構，主角多半是從某一個時間點回首自己的少女時期，或者本來就身在少女時期裡。無論是哪一種，在這段少女時期中，一切情感的核心，都會與另一位少女友伴緊緊連繫。她們之間的連繫如此之強，以致在主角的身心都留下了深刻的印痕，而這印痕就會化為幾個重複出現的意象，不斷迴旋在整篇小說之中。

因此，閱讀這本小說集，最有趣的反而是去觀察作者如何在熟極而流的手法之外，還能屢屢變奏出新意。由此來看，我最驚豔的是〈天亮前的戀愛故事〉一篇。同樣是懷念少女時代，它把敘述結構換成了「酒女對恩客」，翻轉了翁鬧原作中的「恩客對酒女」，化用典故的手法十分高明，性別的對位也引人深思。原作是男子對一名女子傾訴自己對女性的情慾；楊双子則是讓女子對男子傾訴自己的「各種情慾的排列組合」。

不過，需要進一步澄清的是，雖然楊双子的「歷史百合小說」描寫的是少女們友達以上的情感，但大多數都未必能直接等同於女同志小說。少女對彼此吐露心事，從而結成堅強的命運共同體、成為「世界上唯一了解彼此的人」，這樣的關係是包含但不止於戀愛的。在小說當中，有明示「戀愛」元素的不到半數，有稍微私密肉體接觸的僅有〈孟麗君〉一篇。

正如同某次，作家盛浩偉和我私下談話時指出的：楊双子的小說最高明之處，在於幫「百合」元素找到了最能發揮威力的場合，而不僅是為用而用（當然為用而用也沒什麼問題，只是如能扣連其他元素，更能有加乘效果）。少女們為何相親相愛？那是因為她們面對一樣的歷史困境。在短暫的花開時節前夕，她們都要面臨理想與家族、夢想與婚姻的掙扎。「文明開化」帶給她們教育的機會和夢想的可能，然而舊社會體制卻還持續禁錮女性的可能性。縱然她們在音樂、藝術、或人格特質上有驚人表現，橫擋在面前的關卡就是「要找個人嫁」。既然如此，少女彼此同病相憐（而不是BG組合的異性戀愛），用情誼抵禦外在的困境，進而達成心靈的緊密連結，也是非常合邏輯的後果。直白一點說：這種時代根本是最適合百合小說的溫床啊！

更難能可貴的是，楊双子的小說正可以補足我們對日治時期的想像。正如在全書中再三致意的吉屋信子《花物語》所代表的那樣，有一種曾經在臺灣文學史上存在，但因為不合於「殖民—現代性」的文學史主調而被忽視的「少女小說」傳統。臺灣文學史對「日治時期」的再現，多半帶有強烈的批判視角，不管是處理殖民問題還是階級問題，總讓人讀來覺得比較「硬」一點。雖然一九四〇年代之後，以日文寫作的作家融入了更多現代主義式的內省，但本質上還是非常陽剛的。

楊双子的特異之處，就在於她透過「歷史—百合」兩個元素，讓我們看到了一種迥異他人的「日治時期的情調」。這些小說集中處理女性困境，也點到了階級因素，但我們仍然能夠看到一種過往的寫實主義小說不願輕易描寫的精細生活——那是一個富庶的年代，也是一個有品味的年代。這些小說的隱含作者位於某一階層（臺灣人的仕紳家族），他們的吃穿用度、浸淫的藝術文化，都在一個令人讚歎的水準之上。而從這樣的視點出發，所描寫到的人性，自然也就有一種過往作品難及的雅緻風範。

或有嚴肅文學的論者，會批評楊双子有美化殖民時代之嫌。不過我要說的是，要讓一般人能對某一歷史時代感同身受，卻非靠這樣的浪漫傾向和精緻文化的描寫不可。而這已在近年的一波「日治時期熱」的風潮中，證明了它的群眾基礎——政府單位不斷以日治時期的老建築作為文化館舍；年輕文學創作者熱中於考掘日治時期的元素，並且施用於創作中，比如瀟湘神的《臺北城裡妖魔跋扈》系列。這當然是經過揀擇的、略帶精英視角的選擇性再現。日治時期作為文化背景與歷史元素，已漸漸變成某種臺灣的美學鄉愁，曾經被斬斷、但重又被挖掘指認的，臺灣式優雅的起源。

我們正在夢想著第二次的「文明開化」時代。

當然，這本小說當中的少女們，並不局限在刻板印象，一逕走向浪漫綿軟的路線。比如我非常喜歡的〈合歡〉、〈蟲姬〉和〈媽祖婆〉三篇。這三篇小說都跳脫了甜美溫柔的刻板印象，使得整個集子的少女形象更加立體。〈蟲姬〉的三名婦女以「吃蟲」這樣詭異的話題為契機，暫時鬆開了禮法所加諸的鎖鍊，如此奇幻卻又深刻的彼此體解，令人感動。〈合歡〉則寫深了藝術追求、人性自由與世俗禮法的扞格：「我、我明知道不應該這麼做的，還是彈奏鋼琴了。」丈夫亡去之後，不悲痛是不行的，真心悲痛卻也是不行的，譏刺的力道十分強勁。而到了〈媽祖婆〉一篇，更是直接寫明了「我們」共結一個強固的姊妹關係的願望，甚至代替這整本小說當中每每被摧折夢想的女性喊出了咒怨之語：「等到兩個男孩順利成長到不致夭折的年歲那時，要是可以再來一場全島流行的感冒，讓丈夫早亡就太好了。」在壓抑了整本書之後，以此作結再恰當不過了。更有趣的是，〈媽祖婆〉中閃現的日本婦人正是〈站長的少妻〉，對照兩篇「她為什麼來拜媽祖婆呢？」的陳述，頗有值得玩味之處。即使是短篇小說集，楊双子還是小露了一手長篇小說埋針布線的技術。

作為讀者，我很欣喜能看到楊双子再次繳出了好作品。「花開宇宙」在此刻的出現，有著多重的文學意義。它一方面呼應了近年來年輕世代的「日治時期熱」，追尋一種更優雅、更精緻、更浪漫的本土根源；一方面也是類型小說與文學小說成功結合，兩方相濟而產生更高水準作品的演化結果。若能摒除門戶之見，我相信每一種讀者都能在這些作品中找到看點的。這也令人期待楊双子的下一次出手，如何讓我們的「華麗島」名副其實，使臺灣的歷史元素轉化成滿開文學之花的瑰麗島嶼。

（朱宥勳，作家。出版有小說集《誤遞》、《堊觀》，長篇小說《暗影》，以及散文集《學校不敢教的小說》、《只要出問題，小說都能搞定》。共同主編有《台灣七年級小說金典》以及電子書評雜誌《祕密讀者》。）

代序

聽說花岡二郎也讀吉屋信子的少女小說

二郎在宿舍的牆壁上留下了遺書：

我等必須離開這世間
因番人被迫服太多勞役
引起憤怒
導致這起事件
我等也被蕃眾拘捕
無能為力
昭和五年　十月二十七日　上午九時
番人據守各個據點
郡守以下職員全部在公學校死亡

二郎的桌上留有吉屋信子的長篇小說集，還有女明星英百合子、俾斯麥和拿破崙的照片。[1]

竹中信子以女性視角記錄一九三〇年的「霧社事件」，根據時年報導勾勒花岡二郎的最後一抹身影，包括他的遺書內容，以及書桌所留遺物。我在二〇一四年看見這段記載，當即拍桌驚呼：怎麼可能！怎麼可能會是吉屋信子?!

大家好，我是楊双子。

吉屋信子是誰？上面所引竹中信子的記述，跟《花開少女華麗島》又有什麼關係？這必須從「少女小說」這個文類，以及「百合」（yuri，意指女性與女性之間的同性情誼）文化開始說起。

日本所謂的「少女小說」是描寫少女情誼的大眾文學類型，於戰前的大正、昭和時代深受歡迎。進入二十一世紀，在日本次文化領域裡風行起來的百合文化，其生成脈絡的源頭之一便來自少女小說。當代華文世界百合文化的生成，乃是透過網路嫁接自百合文化原生地日本，以二〇〇四年基準點起步發展，在地生產跡象漸顯。時至今日，臺灣本土原創的百合作品業已進入商業市場。

簡單梳理少女小說與百合文化發展以後，可以這麼說吧，當代華文世界的百合文化，距離日本戰前少女小說相當遙遠，兩者之間僅僅是一線隔山越海的轉折血脈罷了。很長一段時間，我對這個論點從來沒有質疑。事實上，這個論點也沒有錯誤。

——可是，島嶼臺灣海拔一一四八公尺的霧社山頭，花岡二郎的桌上遺物有吉屋信子的長篇小說。

大正五年（一九一六）起，吉屋信子（一八九六～一九七三）在《少女畫報》雜誌上連載系列短篇小說《花物語》。這部作品便是「少女小說」這個文類的始祖。吉屋信子早慧且勤奮，日後確立了少女小說鼻祖的地位，彼時也是暢銷小說作家。一九二〇年代《花物語》單行本發行，短篇小說集上下二冊，連臺中州立圖書館都有館藏，流行程度可見一斑。但連花岡二郎都讀吉屋信子？

1竹中信子，《日本女人在臺灣：日治臺灣生活史（昭和篇1926-1945・上）》（臺北：時報文化，2009），頁259。

瞠目結舌之餘，我逐漸篤信一個尚未得到文獻與論述證實的可能假設：

臺灣文學系譜曾經存在「少女小說」這個文類。

只是我們在戰後失去了她。

這是《花開少女華麗島》的前提。

其實，這也是《花開少女華麗島》姊妹作《花開時節》的前提。

短篇小說集《花開少女華麗島》實是長篇小說《花開時節》的番外篇合集，是如同雙胞胎般的姊妹作。兩部作品同時創作，互相補完。以「臺灣歷史百合小說」自我標榜，這兩部作品確實都是百合創作，同樣也是對日本時代臺灣文學的致敬。

《花開時節》從書名到內容，都是對楊千鶴（一九二一～二〇一一）自傳性小說〈花開時節〉（一九四二）的回應與對話。雙胞胎姊妹作《花開少女華麗島》姿態相仿，步伐稍異。輯一「華麗島」，分別互文楊千鶴、翁鬧、真杉靜枝的同名代表作；輯二「花物語」，即仿照吉屋信子《花物語》皆以花名為題；輯三「少女夢」，列中國、日本、臺灣民間著名女性人物為篇名，直指文化血脈的匯流。

就此而言，《花開少女華麗島》是跨界接續臺灣「少女小說」血脈的宣示。文學的血脈，也是歷史的血脈，因而《花開少女華麗島》更是直面迎向臺灣歷史的宣示。

所以你說吉屋信子是誰？

吉屋信子是一個象徵。

她是我們在戰後失去的，不（可）見的，少女的臺灣，少女的華麗島。

願本書是一條路徑，通往花岡二郎也讀少女小說的那座島嶼。

諸君，歡迎光臨少女華麗島。

二〇一八年穀雨前夕於臺中住處　楊双子

輯一

華麗島

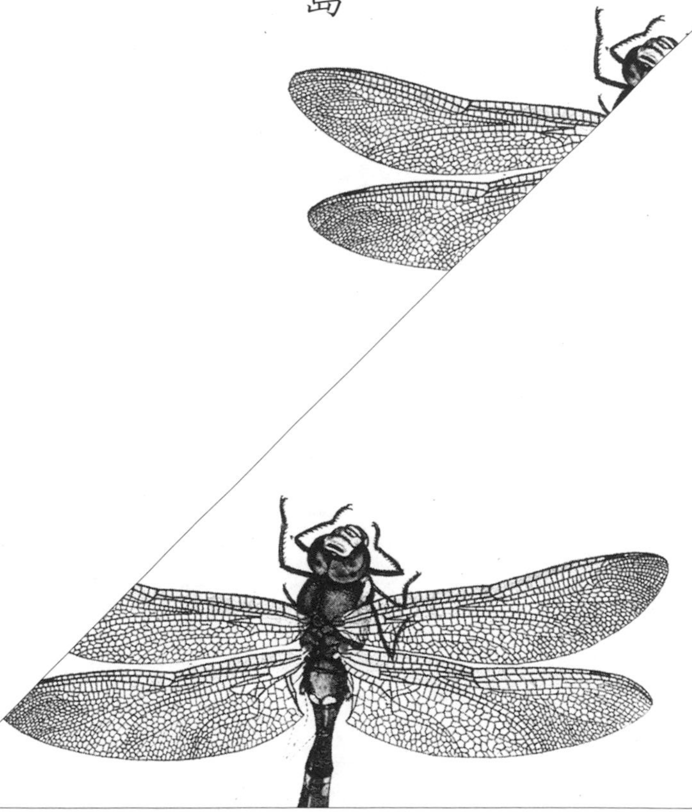

花開時節

那幾年，初子總是到圖書館等候父親下班。

無論任何角度看上去都相當醒目，坐落在街角的圖書館是方正扁平的淺黃色兩層樓西洋建築，彷彿一塊從天而降的卡斯提拉蛋糕。蛋糕建築之上的白色裝飾帶及四葉幸運草花紋，日照下閃閃發亮，耀眼得令人心痛。曾經有一段時間，初子必須凝望著四葉草石刻，祈禱般許下願望才踏入圖書館。

初子的父親山口隆夫是這座蛋糕圖書館的司書。

由就讀的高女校門啟程，步行到圖書館只要五分鐘。初子那樣熱忱地沉迷於閱讀，放學後到圖書館等候父親下班的這個習慣，不分晴雨地維持了許久。

若是炎熱的夏天，同校女學生的白色海軍領身影會像是沙灘上翻騰閃耀的白色浪花，散落在兩個樓層的婦女閱覽室、新聞閱覽室、廣間及廊道之間。然而，隨著時節流轉，深藍色水手領的冬季制服則彷彿捎來冰寒海洋的深沉氣息，圖書館內的色彩也轉瞬黯淡下來。

儘管是南方的島嶼，冬天還是相當凍人的呢。

高女的四年修業期間，能夠四季如常熱中閱讀，又不倦於奔波的少女太稀罕了。初子曾經自問，如此頻繁到圖書館的同級生，該不會只有我與早季子同學、雪子同學吧？

這個問句是個小小的種子。許多年以後初子引揚返日，無數次回想起心頭閃過這樣小小疑問的那個春天。卡斯提拉蛋糕模樣的圖書館、白色的四葉草石刻、樓梯的鐵鑄扶手、照亮微塵的斜陽，以及早季子同學與雪子同學。

獨獨那一年春天，苦楝花盛放如紫色薄霧，花朵飄零如雨，落在臉上像是淚水，城內滿開的杜鵑花都相形失色。

初子不曾或忘，那是昭和十二年的春天。

一

這天初子也在午飯後抵達圖書館。

悄然無聲地在置鞋區整齊地擺妥學生皮鞋，進入圖書館事務室，如同往昔那樣與父親，或者與同為司書的父親同僚頷首致意——今天遇見的是面無表情的父親隆夫——打過招呼後，初子低頭穿過廣間，沿著冰冷的鐵鑄扶手登階。若要挑選座位，一定是二樓婦女閱覽室角落的靠窗位置。

即使選定偏愛的座位，前去開架書庫挑選書籍時，初子因為深陷書本世界而渾然未覺身旁有人來去，經常在一列與一列的書架之間站立到腳趾冰冷，要到渾身哆嗦才清醒過來。

如此一來豈不是單純占用座位而已嗎？初子也會為此苦惱。可是，書本是窺視世界真實面相的小小的通道，初子所以掉入了世界的背面，忘卻所處世界的正面。

說到世界的正面，要苦惱的事情太多了，又何止這一樁呢。

初子喜歡吉屋信子的小說。最喜歡的雜誌是《少女之友》和《少女畫報》。不過，無論小說還是雜誌，初子都買不起。

如果是早季子同學或雪子同學，肯定是由家裡使用人到錦町的棚邊書店購買《少女之友》的新雜誌吧？至於其他作為消遣之用的圖書，等待圖書館的藏書就足夠了。

初子有時候也會想，「其他的書怎麼樣都可以，只有《少女之友》，真想買一次新雜誌。」即使懷抱著這樣的念頭，初子也不會如此向母親幸江抱怨。

因為初子是只能等候圖書館藏書的山口家的長女。

早季子同學來自京都華族的松崎家。傳言松崎家的一家之長著迷於本島的特有植物，特意攜家帶眷落腳本島。儘管如此，位在川端町的松崎宅邸低調而寬敞，磚造圍牆裡的花園，不但有來自內地與本島珍稀的盆栽，還有一株呵護備至、常年花團錦簇的九重葛老樹。若是在內地，早季子同學想必過著如同公主一般的生活。

而雪子同學。

相較於早季子同學，初子對雪子同學懷抱更複雜的心情。

作為同級生裡僅僅七名之一的本島人學生，雪子本名楊雪泥。楊氏是王田車站一帶的富裕地主，清國時期祖上曾有秀才功名，名副其實的望族之後。雪泥一詞出自漢詩文，是異常秀美又富有詩意的名字。

血統高貴的松崎早季子、本島地主富裕之家的楊雪泥，都是初子沒有辦法望其項背的出身。如同山口初子的名字，初子既平凡無奇，也沒有特色，只是山口家三女一男之中的第一個女孩。

大正九年，父親隆夫攜母親幸江自九州奔赴本島，大正十年誕生的頭一個女孩命名為初子。接著是春天出生的花子、夏天出生的夏子。唯一的男孩以父親之名取名隆一。

與平凡無奇的姓名一致，初子的煩惱也相當平凡。

父親隆夫是月俸六十七圓的公務員，背負山口一家六口的重擔，勉力供四個孩子讀書，沒有餘錢為初子實現買到一本《少女之友》當月雜誌的願望。儘管五十錢一本的《少女之友》在這個新興事物不斷湧現的時代，還算不上是奢侈品。

報紙刊登著「冷房兼暖房機」、「電氣冷藏器」、「瓦斯發生器」的廣告，母親幸江剪下廣告上的圖片，不時望著剪報興嘆，五百圓的冷藏器啊，我們家怎麼買得起噢。

就算能夠向母親索取零用錢，身為姊姊的初子要毫不顧慮弟弟妹妹的目光、花五十錢買一本少女雜誌，不是也根本做不到嗎？

即使是在這樣進步的、開明的時代，也並不是人人都一樣平等幸福的呢。

對初子來說，那兩名美麗的少女並不是有如《少女之友》，而是如同電氣冷藏器一樣遙遠。

*

喜歡閱讀，到圖書館是最實惠的。

圖書館固然未能購置初子喜歡的少女雜誌，仍會擺放娛樂性質的期刊，而每日上架的《臺灣日日新報》，偶爾也刊登吉屋信子的小說連載。儘管山口家訂閱同一份報紙，可是初子無法在協助家務的早晨抽空閱讀，而母親幸江的熱中剪報，又使山口家難以留存完整的報紙。

圖書館是總督府最大的恩賜。沒有人比初子更能感受這件事了。

不過，初子這天到圖書館卻不是因為讀書。

她想見到雪子同學。

初子也想見早季子同學。可是，高女卒業典禮距今半個月，早季子同學想必抵達內地許久。肯定是卒業典禮前，學校考試便放榜了吧？順利考取了吧？初子心想，如果是早季子同學，不如說落榜才失常呢。

未經挑選，直接帶入閱覽室的通常是吉屋信子小說集《花物語》。由於只要內心苦悶懊惱、打不起精神，初子便會重讀一次，最終上下兩集都熟爛於心了。今天初子翻閱著《花物語》下集，不時張望周遭來去的人影，幾次低下頭竟分不清自己讀到哪一段文字。

——讓妳久等了。

那時，初子也正在讀同一本書。

初子過於沉迷不知道閱讀第幾遍的小說，沒有立刻反應過來。而且那一句壓低聲音輕輕訴說的話語，對象並不是初子。

「讓妳久等了。趕得上火車的時刻嗎？」

「不必擔心，往王田的班次很多喲。」

那是普通的女學生之間的對話，初子要經過了四個四分音符的節奏以後才遲鈍覺知心中微妙的混亂感，並且開始移動久站後麻木發涼的雙腳。

二樓書庫裡每一列書架走道。沒有看到任何人。二樓廣間。也沒有。沿著廣間大樓梯前往一樓書庫，從第一列書架開始看起。有人，只是並非心中所想。

真奇怪啊。初子想，莫非是我的錯覺嗎？

剛剛浮現這樣的念頭，一、二樓書庫之間互通的小樓梯旁邊，角落的書架陰影處就宛如幻影般，具象地投射出初子心版上的身影。

「那麼，明天再見了。」

「哎呀，真的是，每天都很期待明天呢。」

輕聲說話的人是早季子同學，隨後發出笑聲回應的人是雪子同學。

正是分別的場景。初子退步側身藏入了相隔兩列的書架後面。雪子同學笑聲歇止，與早季子同學沉靜地對視微笑。

這樣的場景想必已歷經許多次。雪子同學伸手為早季子同學理順藍色的海軍領。而接受雪子同學宛如親密姊妹般的整裝以後，早季子同學站立著目送雪子同學離開，並沒有並肩同行。

雪子同學的單根辮髮隨步伐輕盈跳動。初子的目光在雪子同學與早季子同學兩端之間來回，直到早季子同學也移步向外。不過，早季子同學身後的兩條髮辮平靜如無風的湖面，只是輕輕蕩漾。

呆立在兩列書架以外的這一側，初子腦海縈繞著關於那一側的事情。早季子同學注視的究竟是雪子同學，還是那跳動的髮辮？

初子掉入了世界的背面。

二

松崎早季子出身良好，即使在雲集優秀女學生的臺中高等女學校，身分高貴仍屬首屈一指。

早季子同學沒有矜貴驕傲之態，平日與眾人打成一片。可是，當同級生刻意恭維而過於讚美早季子同學的名字時，早季子同學曾經謙和地反駁道：「因為是松崎（MATZUGASAKI）早季子（SAKIKO），以前童年玩伴直呼『SAKI-SAKI』的、這樣取笑過呢。」

立如芍藥，坐如牡丹，行如百合花。與此形容十分相襯的早季子同學，是名副其實的高嶺之花。親和而非親近，溫柔而非優柔。

早季子同學從不獨來獨往，卻也沒有堪稱摯友的同學。

與之相反，雪子同學與其他人往來頻繁。

論同級生本島人最顯眼的三個人，就是洋裁手藝不凡的黃花蕊、游泳隊的簡靜枝，以及別號「女校長」的楊雪泥。家世相當、率直開朗，又同是本島人，三人結為摯友，校園活動總是同進同出。可是，雪子同學的顯眼程度截然不同。

初初入學，校長致詞的入學式典禮結束，雪子同學曾發出「高女的校長竟然不是女人」這種感言，引起學生間的騷動。高年級生釐清雪子同學分班在月組或花組，特地前往教室詢問，「想要當校長的楊學妹，是哪一位呢？」

一年花組教室的正中央，時年十四歲的少女雪子毫無懼色，不如說是立足的高度、身處的座標與眾人相異，臉龐上展露出早慧而成熟的神情。

「高女的校長也好，帝大的總長也好，是女人這件事一點也不奇怪。大家都這樣想的日子，會來臨的哦！」

雪子同學說出這些話語的現場，沒有人發出笑聲，也沒有噓聲。日後，女校長的別號卻從此不脛而走。

只有神明大人知道，那一天，初子為這番豪語瞠目結舌，胸口鼓動不已。

品格高尚，志向遠大。不為常人所理解。

如果早季子同學是高嶺之花，初子想，雪子同學是迷霧之森。

同班的嶺花與霧森並沒有顯著交集。

初子為自己在圖書館的所見所聞感到迷惑，一遍又一遍地回想著當天寥寥數句的對話，宛如再三熟讀吉屋信子的小說。

高女校園內本島人和內地人不存在強烈的隔閡，交往如常，所以說並沒有刻意迴避的意義吧。早季子同學與雪子同學卻僅僅只在圖書館裡，展現出親密摯友般的互動。

初子無從獲知這個謎題的解答，不過意外得知了早季子同學和雪子同學實際上經常出入圖書館的這件事。

過往沒有覺察，肯定是因為初子投入書本便忘卻世界的正面。證據就是在那之後，初子無數次見到早季子同學與雪子同學。

內向害羞的初子不會主動攀談，因此就如同字面上的意思，見到過早季子同學與雪子同學在圖書館裡的身影。

校園裡幾乎不交談的兩人，放學後一起出現在圖書館。

初子在世界的背面，成為了祕密的窺探者。

＊

「說到漢文學的圖書，果然只能去中央書局嗎？」

「小早想讀漢文書嗎？」
「沒有，我的漢文並不好⋯⋯」
「莫非是《幽夢影》，上次我提過的。『雨之為物，能令晝短，能令夜長。』想讀嗎？」
「不，不是的。」
「我家收藏的手抄本，如果是松崎家的齊藤先生，應該可以找到謄寫手抄本的幫手。」
「請稍等一下。我不想給雪帶來困擾。」
「可是小早想讀的吧？我唸給妳聽也可以喔，一起讀的時候。」
「⋯⋯總覺得，永遠贏不了雪呢。」
「也沒有什麼不好吧，要是永遠都能這樣的話。」
少女低聲交談的話語，在雪子同學以鼻子發出的輕輕笑聲裡停止。
然後，雪子同學伸手為早季子同學理正衣領。
初子不得不提早離開，因為稍早一不留意就靠得太近了。可是，由於太在意而入迷，那也是沒有辦法的事情。
小早。並不是早季子同學（SAKIKO SAN）而是小早（SA CHAN）。

同樣的，並不是雪子同學（YUKIKO SAN）而是雪（YUKI）。

初子在窺探中嘗試勾勒祕密的輪廓。

早季子同學與雪子同學是什麼樣的關係呢？

失散姊妹分別為兩個高貴富裕的家庭所收養……

不、不，怎麼可能呢。初子好笑的反駁著自己的奇想。雪子同學細緻光滑的本島人的臉龐，早季子同學狹長美麗的內地人的眼睛。就算不論民族，兩人的樣貌也並不相似。

從高女二年級的冬天成為窺探者開始，初子遊走在世界的兩個切面。窺探過程的每一個細節，都令初子更加深陷於這個並非有教養的少女應有的低級興趣。

可是，儘管沉迷於小說故事而浮想聯翩，初子並沒有完全遺忘世界的正面，只是偶爾不經意地胡思亂想罷了。

早季子同學受封男爵的祖父，曾有傳言是孝明天皇的私生子嗣、明治天皇的異母手足。由於祖父生前旅居本島十數年，子孫亦與本島締結淵源，不免引來耳語，松崎家常駐本島，或許有鍾愛本島以外的理由，說不定是遭到皇室所放逐呢。高貴而宿命的身世，想必正是早季子同學在校園中吸引眾人目光，卻又為眾人所保持距離的原因。

這也是雪子同學與早季子同學在高女校園彼此態度冷淡的原因嗎？

那麼，雪子同學與早季子同學又是怎麼結識的呢？

毗連王田車站的大肚山，是富貴人家冶遊的競馬場與高爾夫球場。

初子牢記早季子同學與雪子同學的每一個細小的傳聞，擅自在腦海裡編織小說情節般的故事。

想必是這樣的吧？

王田地帶的本島富裕之家，與血脈隱晦的天皇之後，兩名少女因緣際會在家族郊遊之際相識，成為投契的閨中密友。

早季子同學就讀明治小學校，雪子同學就讀烏日公學校，由於距離遙遠的緣故，長期以書信往來，促成兩人約定考取高女的決心。

考取高女後，卻不意因各自背負著引人注目而並不光彩的流言，只能選擇維持同班同學分際之內的往來。唯一能夠傾訴真實情感的所在，便是位於學校附近的州立圖書館了。

初子自覺有如偵探小說中的福爾摩斯先生，小心翼翼地進行探案。

這是謎團的解答嗎？初子不知道。隨著時光流逝，初子卻越來越堅信內心為早季子與雪子構築的故事。

如果是學生經常進出圖書館的夏天，早季子同學和雪子同學迴避可能認識的同校學生，通常減少交談，交換書信後道別。寒冷的冬季，早季子同學與雪子同學偶爾會在書架旁共同展讀圖書，直到夕陽西斜。

閱讀藏書稀少的漢文書時，雪子同學以清脆美妙的臺灣話誦讀漢文，早季子同學則低聲複誦，因發音古怪而引起兩人忍俊不住的笑聲。

那樣的笑聲，比初子閱讀過的、編織過的任何一篇小說都還要令人目眩神迷。

在那之後好長一段時間，初子總是凝望著圖書館外的四葉草石刻暗自祈禱，許下荒謬可笑的願望。神明大人啊，今天也讓我遇見早季子同學與雪子同學吧。

三

高女四年級的第一學期，滿開後的苦楝花正細細凋零，不知道從何而來的傳言也如春風絲絲吹撫，浪動著高女校園。雪子同學在內地讀書的兄長，眾人感嘆著，那個女孩子的兄長感染上自由戀愛病而殉情自殺了。

王田地主的楊氏一族，那個女孩子的兄長是獨子。

聽說過嗎？楊氏原來是遭受詛咒的家族。清國時期楊氏一族掠奪大肚山平地番的土地，因而遭受番人的詛咒了。

那個女孩子的家族世代一脈單傳，領養同族男丁維持血脈尚且不足，甚至到了不得不招贅以生養後代的地步。

唉，那個女孩子呀，可憐的雪子同學呀。

初子想摀住耳朵，不願聽見這樣的流言蜚語。

那樣殘酷的流言，究竟是從何而來的呢？

高女四年級第一個學期春天尚未結束的那一天，初子站立在書架這一側直到雙腳冰冷，渾身顫抖。

放學前的教室，修身課的內藤老師在講臺前說道：「高女的每一位同學都是飽讀詩書、品格優良的女性，請各位忖度合乎禮儀的話題。」課堂上眾人垂下頭顱，默不作聲。初子忍耐著不看向雪子同學，也不看向早季子同學。

不過，圖書館內的初子站立在書架的這一側，透過書架狹小的縫隙，目送雪子同學與早季子同學先後離開，直到地板冰冷的寒意穿透拖鞋，令人渾身顫抖為止。

雪子同學並非是傳言中那種備受同情的軟弱少女，而是無論何時都性格堅毅，眼睛清澈發亮。

即使是這樣的日子，雪子同學依然為早季子同學整理衣領。

兩人之間就像是不需要言語便能傳遞心意，存在著以心傳心的緊密連繫，所以沒有說出任何多餘的言語，如同往日般地道別了。

至於我這樣的人呢。初子心想，我是何等卑劣的人哪。

既無法堂堂正正地慰問雪子同學，且直到此刻也無法割捨窺探的慾望。

比起流言，更冷酷的是我這樣的人吧。

*

花是櫻花，人當武士。

這是一休大師的名句。

可是說起花，內地是櫻花，本島則是苦楝。

初子的意思是，說起春天的花，必定是指這樣的花了。

當初子看見爛漫盛開的櫻花，就清楚地理解了，這是夢境。

初子所居住的城內並沒有櫻花，僅只在書上看過對櫻花的描繪。

然而讓初子更透徹體悟這是夢境的，是發現早季子同學和雪子同學環繞在身邊。櫻花樹林小路上，柔軟芬芳的草地有點沾腳，初子與早季子、雪子緩慢地並肩走著。

三人說著漫無邊際的事情，氣氛融洽地嬉笑玩鬧。彷彿吉屋信子《勿忘草》的主人翁牧子與一枝、陽子那樣，又有令人莞爾，又有令人心痛的片刻，那是充滿幸福與溫暖的時光。

長長的小路，似乎永遠不會走到盡頭。

夢境像人魚公主故事中的海水泡沫，既甜美，又悲傷。

四

一開始，連初子自身也沒有覺察，早季子和雪子是她的救贖。

因為初子是個平凡無奇的少女啊。

妹妹花子、夏子會為了瑣碎小事而爭吵。如果是幾乎不可能在山口家看見的片裝森永牛奶巧克力，或許能夠勉強接受吧，妹妹們卻只是為了一小塊新高香蕉牛奶糖而放聲尖叫，這種事情讓初子深感可恥，胸口刺痛不已。

弟弟隆一腦筋靈敏，順利考取臺中師範學校以後，態度卻越見趾高氣昂，不受拘束。每日索要零用錢，浪蕩城內街道，今天喝杏仁茶，明天吃四菓湯，幾天晚飯吃不下，父親隆夫卻毫無表態。

初子嘗試糾正隆一的浮浪舉止，卻反過來遭到母親幸江的責難：「隆一正在成長不是嗎？男孩子肚子餓得快，初子應該要更體諒弟弟才是。」

花子更是在旁拉長了聲音追擊著，「爸爸下班後也會帶初子姊去買馬齒豆吃吧，真是太不公平了！」

不久前還跟花子鬧得難分難解的夏子，此刻宛如金魚大便緊緊跟隨著花子的腳步，「媽媽，說好要給我們買甜納豆的。」

山口家就是這樣充斥著紛擾又庸俗的氛圍。

儘管由衷感念父母的養育恩惠，但初子也有無法忍耐父母的時候。

不苟言笑的父親隆夫，邀請同僚與後輩到家中用餐，一定喝福祿清酒直到醉爛。嘴唇上方精心修飾的髫鬚尖端沾黏著噴濺而出的唾沫，父親卻渾然未覺，逕自抓著後輩顛三倒四說著重複的話語。

「男兒立志出鄉關哪，搭上聯絡船那一年，是大正九年喲。斷然地捨棄九州，山口家第一個女兒就是山口隆夫要埋骨本島的覺悟，知道嗎?所以給她取名『初子』。喂，我說啊，意思是萬物初始，知道了嗎？」

父親在年輕男性面前大肆談論「初子」之名的由來，從未考慮此刻的少女初子既羞赧又痛苦。

而隨著初子的高女四年級即將走到尾聲，父親與母親談論著初子的未來婚嫁，卻絲毫沒有初子發表心聲的餘地，這樣的事情也令初子難以釋懷。

「小澤家的次男不是決定到糖廠工作了嗎？臺中車站最近前來報到的鐵道員山田君也真是一表人才啊！」

「言之過早啦，初子還能再等三、四年左右吧。」

「哎呀老公，初子最近說著想去臺北讀書呢，早點議婚比較好。」

「初子太年輕了，為人母親的要給她說說道理。」

母親與父親旁若無人的討論著。

*

早季子同學和雪子同學卒業以後，會過著什麼樣的人生呢？

想必是與一般少女們完全不同的人生吧。

去內地留學，依著現代女性的前衛作風，跟某個男人自由戀愛吧？

……不，跟男人戀愛這種事情太愚蠢了，過著自由自在的生活豈不更美好嗎？

要讀書、寫字、跳舞、唱歌、釣魚、騎車，要搭乘鐵道、大船或者飛行機去旅行，飽覽前所未見的世界風光。

對呀，比起結婚，獨力工作不是更好嗎？

到喜歡的書店親自翻閱每一本書，到戲院看每一部想看的映畫，到喫茶店喝咖啡，或者鼓起勇氣走進咖啡廳點一杯牛奶。早晨聽幾張最著迷熱愛的曲盤，下午就著霞光洗溫泉，渾身熱汗地喝著裝在玻璃杯裡又冰涼又酸甜的可爾必思。那該多好啊！

初子無法克制地想著這樣的事情。

儘管她內心有個睿智明晰的聲音說，即使是在進步的、自由的、文明的這個時代，女孩子還是沒有辦法輕鬆地做到這些事情。

可是，如果是早季子同學和雪子同學的話……初子就像是對著四葉草石刻許下願望那樣，用力地祈禱著。如果是那兩個人，一定能夠做到的。

因為初子是個平凡無奇的少女，只能度過平凡的人生啊。

高女四年級的尾聲，由於最終仍然無法獲得父母親的首肯投考臺北女子高等學院，初子考取了高女附設的補習科，走向可以預期的人生道路。

修滿為期一年的補習科以後，進入小學校擔任教師。等到適婚的二十歲，就與小澤家的次男、山田鐵道員，或者不知道哪裡來的小林、中野、大久保一類的陌生男人相親結婚、生下孩子，過著符合初子這個名字的平凡生活……。

五

綻放的苦楝　紫色的　高尚沉靜的花
優雅的微笑著　迎接新的每一天
是日本的　少女我等的　幸福與榮譽

卒業前夕，音樂課開始練唱校歌與卒業歌。

老師彈奏鋼琴，首先帶領同學們一句一句練習，接著個別點名班上的每一位同學一段一段地練唱，等候同學們能夠順暢演唱，便進入合唱演練。

實際上，四年級的各位對於校歌與卒業歌早已熟稔於心。或許對老師而言，卒業典禮上的卒業生合唱，仍然是典禮的重頭戲吧。

初子喜歡閱讀也喜歡唱歌，對於歌詞動人而曲調優美的校歌，即使再三演練也毫不厭倦。

早季子同學受到點名起身練唱的歌聲非常美妙，凜然而清澈。初子也相當享受這樣的時刻。

可是，隨著卒業將近，初子內心越發忐忑。

有時候初子想要鼓起勇氣，直接詢問早季子同學：卒業後安排什麼規畫？是回到內地讀書嗎？或者赴臺北就讀呢？……那麼，有沒有聽說過雪子同學的出路呢？

初子卻連問出口都顫抖得無法做到。

有如高潔雄偉的　新高山
年輕我等的姿態　強健的挺立著　迎接新的每一天
是日本的　少女我等的　幸福與榮譽

歌曲唱罷，卒業典禮的那一天，初子也只是雙腳僵直，就像是站在圖書館書架的陰暗側面，目送兩人的身影直到消失不見。

卒業典禮結束返家的那一天晚上，初子懊悔得無法吃下晚飯。

母親幸江特意準備初子最喜歡的生魚片和山藥泥麥飯，醬菜也是色澤鮮豔而香味撲鼻。

花子、夏子和隆一興高采烈地大口咀嚼晚飯，只有初子像是罹患了嚴重的感冒，喉嚨哽塞，鼻腔酸楚，每一樣食物放入口中都變得堅硬無味，無法順利地吞嚥到肚子裡去。

映照著岸上柳影　獨自奔流
富含深刻啟示的綠川　迎接新的每一天
是日本的　少女我等的　幸福與榮譽

初子好幾天沒有辦法安眠，夢裡都能聽見骨髓受懊悔所囓咬的聲音。

想必是因為這樣的緣故，幾日以後初子在圖書館書架一側看見眼熟的身影，未經思考的嗓音比膽小的性格更快速地出現了反應。

「雪子同學，沒有去內地嗎？」

「咦？初子同學，早上好。」

儘管臉上流露出一絲迷惘，隨即正色地面向初子。雪子同學本來就是反應敏捷、禮貌周到的少女，所以反過來表達問候。

「卒業了以後，初子同學也是會到圖書館呢。這麼說起來，因為初子同學考上補習科，之後會成為教師吧？真是恭喜。」

「那個、為什麼會在這裡呢？」

並沒有正確地回應話題，初子此刻化身為未受馴化的野獸，沒有預警地襲擊著雪子同學。不過，並不是使用獠牙或犄角，而是帶著九州腔調的國語。

「雪子同學為什麼沒有去內地呢？早季子同學也沒有去嗎？」

身為文明人的雪子同學目瞪口呆，想必是因為沒有遭受過這樣的突擊。

在這樣的目光中初子回過神來，滿臉通紅的低頭道歉。

「讓雪子同學感到困惑了，實在是相當抱歉。」

「……不，沒有關係。」

會不會是憐憫初子所表現出來的蠢笨與不安呢？雪子同學輕輕地發出寬容的笑聲。

「初子同學真有趣。如果是初子同學，知道了也沒問題的吧。」

「這話的意思是……？」

「早季子去了喔，內地。就讀的學校不方便告知，因為沒有其他人知道早季子的計畫。」

「只有雪子同學知道早季子同學的計畫，對嗎？所以也只有早季子同學知道雪子同學的計畫嗎？」

「關於我的事情，所有人都知道了呀。」

「沒有這回事，完全沒有聽說過的。」

「不久之前，我的兄長還是校園裡熱門的話題不是嗎？即使是潔身自愛的初子同學，也不可能毫無所悉吧。」雪子同學躊躇了一下，最終還是微笑起來，「可是啊，畢竟連我也沒想到家中真的決定招贅夫婿。那些話語說是流言，其實是詛咒也說不定。」

……招贅夫婿。

那位雪子同學，楊雪泥同學，女校長，卒業後家族安排給她的道路是招贅夫婿。

連雙方何時分別了都不知道，初子只能一個字一個字重複咀嚼著雪子同學的言語。咀嚼著，良久良久。

令人心曠神怡　濃綠的　樹蔭下休憩
清朗的風　喃喃低語著　迎接新的每一天
是日本的　少女我等的　幸福與榮譽

六

圖書館書架的另一側，總是同樣的光景。

那是道別的時刻。

雪子同學的指尖觸及早季子同學平整且毫無摺痕的衣領，緩慢而仔細地撫順衣領邊緣。

接受雪子同學宛如親密姊妹般的整裝，早季子同學微笑著得連眼睛都瞇起來。隨後沉靜地站立著，目送雪子同學離開。

斜陽自窗外投射進來的光線，照亮空氣中的細細微塵，也同時照亮雪子同學與早季子同學的身影。

七

初子這天仍然走入圖書館。

日前對雪子同學發出唐突的言語襲擊以後，初子許多日子不曾在圖書館見過雪子同學了。

可是，初子想見到雪子同學。懷抱著這樣的心情，前一天也是，這天也是，每天都走入圖書館。

由於遭受「招贅夫婿」的驚嚇，初子沒有來得及追問，所以期盼能夠再見到雪子同學一面。

然而我想追問什麼呢？初子自問，卻無從獲得解答。

斜陽的光輝穿透了玻璃窗，閃閃發亮。

初子沒有等到雪子同學，也沒有留下來等候父親隆夫下班。胸口苦悶，不得不繞著遠路步行回家。

繞道綠川，由鈴蘭通折返，直至柳川。

紅融融的霞光滿天，初子抬起頭看見滿樹的苦楝花盛放如紫色雨霧，清風撫過便飄下細細的落花。

啊，這不是早季子同學美麗歌聲的寫照嗎？

「綻放的苦楝，紫色的高尚沉靜的花，優雅的微笑著，迎接新的每一天，是日本的少女我等的，幸福與榮譽……」

早季子同學與雪子同學在書架的另一側，肩膀抵著肩膀，讀書時低低的笑語聲，總是敲動初子的心扉。

春天的苦楝花那樣美麗，就像是早季子同學與雪子同學，令城內滿開的杜鵑花都相形失色。

初子拚命地忍住眼淚沒有哭出來。

一定只有神明大人才知道吧。

那是十七歲的山口初子，昭和十三年春天所發生的小小的事情。

天亮前的戀愛故事

這個世界真的有上帝嗎？

如果有的話，真想對他吐口水。

要上帝做什麼用呢？如果有五十錢的硬幣，就可以美味的飽餐一頓了，亮晶晶的白米飯、煮著小松菜的味噌湯、鹽烤的鮭魚、酸溜溜的米糠醃茄子，愛吃多少就吃多少，不是嗎？接著去吃紅豆年糕湯、烤雞肉串、柔軟的咖哩麵包。啊，如果有一圓，就去吃壽司，鯛魚、赤貝、鮪魚、海苔捲，可以吃炸豬排，剩下的錢還夠再吃熱呼呼的支那湯麵吧！上帝是住在硬幣裡面嗎？

活著真辛苦。我不是說說而已。活著的樂趣，是富有的人才體會到的。從小就聽說不景氣，那也是只有赤貧的人才有的體悟。到處都是新建的房屋，郊外的洋房不是一棟一棟冒出來了嗎？像我這樣的人，連像樣的兩件衣服都沒有，洗了衣服，就只能打著赤膊躲在屋子裡了。那是幾年前的事情，是我剛從八戶港到東京的那時候。東京有什麼好的，最少可以打赤膊等衣服晾乾，在八戶就只能凍死了。

南方真好。那個南方的島嶼，我也真想去看一看。在那裡，淪落到成為乞丐也有飯吃吧？香蕉和木瓜，還有芒果、龍眼，爬上樹就有得吃了不是嗎？熱帶水果吃到肚子鼓起來，多幸福呀，那裡的米飯應該也非常美味吧！

要是我有一圓，有五十錢，說不定也可以去吃臺灣來的愛玉子。要上帝做什麼用呢？如果有上帝的話，我就要揪著他的鬍子說：「神通廣大的上帝大人，有本事就讓我吃白米飯！」我要在他的臉上吐口水。

啊，抱歉，您有哪裡不舒服嗎？

對不起呀，讓您睡在這裡，畢竟也沒有別的地方可以收留您了。是酒喝得太多了吧？這樣也好，當著清醒的客人面前，我說不出話來，請好好的睡吧。不要擔心，您是好的客人，所以偶爾這樣也沒有關係，最討厭的是喝酒吵鬧到天色發白、怎麼也不走的客人，根本沒有辦法打烊。您睡熟了嗎？真是太好了。知道我最在意的客人是誰嗎？是，就是從臺灣來的楊君喔。我太在意了，好像有蟲在肚子裡鑽動那樣。請聽我說說吧，如果不是您睡著了，我能對誰說呢？

啊，那是戀愛嗎？不，戀愛是富有的人之間才會發生的事情。我呀，開始只是覺得從臺灣來的人很稀奇，那是南方的島嶼呀，以為會跟橫濱那裡看見的印度人一個模樣哩，很可笑吧？因為我是無知的女人，只能在這種飯館當女給。啊，講到這裡就想哭，別提這個了。

說起來，楊君也很愛哭嘛，曾經有過這樣的事情，握著我的手痛哭流涕，露出比我還要像女人的表情，真是可愛啊。平常是正經的、體貼的男人，哭起來才令人心動，而且還是早稻田大學的學生。

「不要說什麼昭和十年，說西曆紀年吧！」說出這種愚蠢的話，明明是無關緊要的事情，有必要這樣激動嗎？可是沒關係，這樣的楊君也很可愛。無聊的話語，只要是從楊君的嘴巴說出來的，每一句都令人津津有味。

「豆腐乳」啊，這句臺灣話有說對嗎？我是不知道啦。

「『豆腐乳』不是腐壞的豆腐，是跟納豆一樣的發酵食物。」楊君也說過這樣的話嘛，總是在意奇怪的細節。「提起本島，大家都想到香蕉和茶葉，美味的食物可不只這些，還有竹筍、毛蟹、燉煮的豬肉和豬雜……」發出那種孩子才有的牢騷。有的時候又說：「黑田君完全不明白，招待生魚片和散壽司，那是內地人吃的，本島人不吃那些，我真的難以下嚥。」聽見這種氣人的話，我真想捶楊君幾拳。不吃的生魚片，拿來給我吃吧！

可是，唉，楊君的眼睛發亮，笑起來的樣子真好看。

「千榮子真好啊。」每次見面都會聽到這樣的話，我也無話可說了，四肢軟綿綿的，無法動彈了。那話是我要說的才對，楊君真好啊！

我是八戶那裡的沒有人要的女孩，跟著母親在路邊兜售雜貨長大的，四處遷徙，客居在小旅館。「家」啊，沒有這種東西。跑來東京投靠阿姨，阿姨家連一條多餘的棉被都沒有。我是該受輕蔑的乞丐嗎？

在八戶那裡勉強讀完女學校，到東京也沒有用。同樣是女學校卒業生，東京的女學生比我好看多了，蝴蝶似的，我是螢火蟲，只在無人的夜裡悄悄發光。而且體面的高尚的工作，我做幾天就忍耐不了。

證券行裡做個沒完的簿記，買進，賣出，那些錢跟我有什麼關係？就是那些體面的高尚的男人，喝醉以後會在咖啡廳、飯館偷襲女給的屁股，不，不要說喝醉了，擦肩而過的時候用手肘撞我的胸部，事後哈哈笑說「不會真的生氣了吧」。生而為人，可以在這種人手下幹活嗎？

在雜誌社裡面登記廣告，什麼彈簧床、胸罩、美白乳液，還有鋼琴，「為了您的孩子必須購買一臺」——要價五百圓到九千圓！這些不是必要的東西吧？這是什麼樣的時代啊！活著只需要吃飽，只需要白米飯，需要蔬菜和一些肉就夠了。成天嘴上掛著普羅階級的人們，都到哪裡去了？雜誌又盡是刊登那些差勁的詩、俗濫的詩，沒有說謊，我寫的遠比那些更好。無論什麼雜誌報紙，儘管有刊登廣告的篇幅，卻沒有刊登我寫的詩的篇幅。

當然，當然了，這個世界也不需要詩和小說。這種事情我早就知道了。

楊君真好啊。跟我不一樣，楊君是富貴人家的孩子，沒有餓過肚子，只要讀書就行了，明明是臺灣人也可以讀早稻田大學，家裡說不定也有鋼琴吧！沒有憎恨這個世界的感情，那在什麼地方都可以輕鬆度日了。可是我不行，看到報紙雜誌的廣告就生氣，看見那些裝模作樣的人就想吐，肚子裡面有熔岩滾滾燃燒。我是注定沒有出息的人，沒有辦法好好讀書，也沒有辦法甘願嫁給不像樣的男人。這樣的女人，該怎麼活下去呀？

楊君真好啊，抱怨的是昭和紀年這種虛無的事情。因為只知道抱怨這種事情，笑起來才會那樣好看吧。純淨天真宛如佛像的笑臉，是潔白的月亮，是海洋波浪的銀色波光，閃亮迷人。楊君真好啊。唉，現在是西曆哪一年啊？

東京啊，南方啊，十二月了也不下雪。

白天看見淺蔥藍的天空，白花色的雲朵，我也會感到幸福，像是聽見好的音樂，像是讀到一首好的詩，一篇好的小說。世界還是需要一些好的小說的。儘管幸福是煤球那樣的東西，轉眼就消失了，那樣也沒關係。我是那個賣火柴的少女，以火柴取暖，火光裡面都是想要的東西。這個世界真辛苦啊。

安徒生也有窮困過嗎？安徒生是個男人，托爾斯泰、雨果也是男人。說什麼女流文學，女作家連稿費也比男人少幾圓。女人真辛苦。說到底，讀過書的女人是最可憐的。如果沒有讀書，那個印刷工廠的山本說要跟我結婚，雙眼一閉就結婚了。我啊，就是做不到。我真希望是楊君跟我求婚呢，然後，我會流淚拒絕。「請去找能夠匹配您的優雅的女人吧！」我一定會這麼說的。我們哭著把雙手緊緊相握，將這樣的感情當作一生的寶物。這樣我也算是戀愛過了吧，反正是沒有辦法結婚的了。

什麼時候才會下雪呢？

上帝也該讓東京多下點雪呀。

啊，是吧，去年冬天有一個下午，我在窗口望著飄著雪花的天空發呆，聽見有人喊著「神小姐的掛號信！」竟然是投稿小說的稿費，足足有二十六圓，多麼好的雪天。買一床墊被，還有披肩和襪袋，到澡堂洗澡以後，去吃熱呼呼的壽喜燒。在那之前，我整天只吃一個煮雞蛋，是跟房東太太借的。白米飯真好吃，牛肉真好吃。飢餓讓食物美味加倍。

填飽肚子，腦袋才會甦醒。人生啊，到底是怎麼一回事嘛。只有吃飽了才會想這件事。說起來我只是苟活在人間，飢餓把人切成兩半，人生只有餓的時候，以及飽的時候這兩種罷了——最討厭我的姓了，為什麼要姓神呢？明明沒有神明，沒有上帝。如果有神明大人，就把這個世間的貧窮斬斷，讓每個人都吃飽啊！翻遍全部的家當只有十錢，買了赤味噌回家三餐喝稀薄的湯汁，過著這種日子的人怎麼叫作人類呢？比猴子還不如，有這樣的神嗎？

乾脆去當小偷。我曾經也想過這種事情。乾脆去當妓女好了。小偷、妓女，和猴子，到底哪一個比較好？餓的時候，連這種事情都沒有辦法思考。兩天沒有吃飯，看到什麼都口水滿溢，關東煮的湯汁、天婦羅的炸麵衣、掉在醬油碟子裡的一粒醋飯……，我不是猴子，是生著癩皮的野狗，對垃圾也會垂涎。腦袋裡面突然浮現西洋畫裡面白嫩的女人胸部和屁股，忍不住悲哀。我是悲哀的庸俗的女人，也想著去書店裡偷書算了，去當妓女算了，只要有飯吃就行了。

雙手使勁的壓著肚子，還是飢餓難耐，肋骨也疼痛起來，只能在榻榻米上打滾。那是去年的事情。

拜訪了三、四個朋友，沒有人邀請我共餐，最後去到時子家。時子是個寡婦，以前在雜誌社一起工作的，帶著小小的孩子獨居。她的老公沒有豔福，結婚半年就病死了，生了沒有緣分見到父親的孩子。時子就是蝴蝶似的女學校卒業生，肌膚不擦白粉就很漂亮，像是菩薩一樣的美貌。我們久久沒有見面，時子招待我去烤火，給我準備了煮著豆腐、海帶芽，灑上麵麩的濃濃味噌湯，還有塞滿餡料的飯糰。第一口湯從嘴巴裡面熱熱的流進肚子，那是空了整整兩天的腸胃啊，眼淚立刻湧現。世界上沒有比那一口更要好喝的味噌湯了。

時子真好，是個好人，善良的人，到今天我還是這樣覺得。時子把被窩分給我，留我過夜，我說要是早晨還能喝到一樣的味噌湯，死也沒有遺憾了，時子還笑我呢。我跟她說，沒有說謊，如果天天有這樣的飯吃，我把身體賣給時子也沒有關係。

時子，那個時候時子就過來抱住我的肩膀，吻我的嘴唇，用小小的舌頭舔我的嘴唇，舔我的舌尖……，抱歉，我心情激動。沒事的，最後沒發生什麼。時子推開我，背對著我哭了好久。隔天早晨時子送我出門，給了我十圓的鈔票。我們再也沒有見面了。那是一年前的春天的事情。西曆幾年呀，我不知道，去年是昭和九年。

只是說起來，那天夜晚也下著雪呢。

我在被窩裡面，聽著雨雪的聲音，心頭有蟲在鑽動，舌頭都是燙的，想著要不要去拍拍時子的肩膀。沒有，我沒有這麼做。時子的背影異常美麗，那像是玉石雕成的白皙脖子，珍珠似的耳垂，教人害怕一碰就碎了。

不，不是的喔，那不是戀愛。戀愛是發生在富人之間的事情啊。

嗯，您還熟睡著吧？

儘管想要傾吐心聲，在清醒的人面前還是辦不到。再過一陣子天就要亮了，在那之前請您繼續睡吧。

去年發生了許多事。在離開時子家以後，我第一次見到黑田。楊君經常把這個名字掛在嘴邊不是嗎？「黑田君」這樣叫著。見到的時候嚇了一跳，稱呼叫「君」（KUN），還以為是小夥子，跟想像相距太遠了反而差點笑出來。

天空剛剛發亮的時候門板砰砰作響，打開一看，外面站著一個高大的紳士，羊毛西裝外套裡面的襯衫白得刺目，領帶的金線織紋簡直在發光，拿下帽子露出黑色的鬈髮，那頭髮用油梳得服貼時髦——「楊君在這裡嗎？」這樣問我，然後說「我是黑田」。

楊君也跟黑田說過我的事情嗎？真是怪人。楊君和黑田都是。總是跑來這種小飯館找我的楊君，喝得迷迷糊糊，怪人一個。儀表堂堂的紳士，天色發白就來敲飯館的大門找朋友，又是怪人一個。

或許是心裡非常不愉快，黑田皺著眉毛看我。哈，高貴英俊的黑田大人生平第一次正眼看我這種低賤的人是嗎？儘管看吧！我是悲慘貧窮的女人，我是螢火蟲，是阿米巴原蟲，那又怎麼樣？真是的，真是。

可是，全世界只有我看見，那個高高在上的黑田，見到楊君的時候臉色忽然宛如春花綻放。從旁邊都可以看見，黑田眼睛裡面有高山、大海，有春天的風吹拂草原，有櫻花如飛雪。那時候，歪在那裡的楊君渾身酒臭，嘔吐的穢物還沾在褲腳呢。真教人目瞪口呆。黑田替楊君穿鞋，揹著楊君出門，小心翼翼的樣子令人想笑。出去一看，晨霧裡面有一臺別克轎車，黑田家的司機想要幫忙都被拒絕了。

我獨自站在那裡，看著別克絕塵離開——那就是了吧？應該是的吧？我這樣問著自己。孤獨的、街道閃耀露水的破曉清晨，有雨雪下在我的心裡。至少看見一件好事了，那應該是一件好事吧，可是我不會告訴任何人的。

啊，拜託您睡得更熟一些吧。

其實呢，我是在那之後對楊君更加在意起來的。

開始只是好奇，嚮往南方的島嶼，臺灣是個黃金島啊。原來臺灣也有百年的家族、富有的家族，清國時代從支那大陸渡船到島嶼，開墾肥沃的土地，孕育代代的子孫，真像是童話故事……，都是認識楊君以後才知道這種事情的。看不出來楊君是家族的繼承人，這樣一個溫柔軟弱的美男子當作繼承人，那個家族沒有問題嗎？

活著滿心苦澀，又害怕死亡，將來是什麼樣的光景我也不知道。楊君的家族會怎麼樣，輪不到我這種女人來擔憂，只是覺得有趣罷了。

「說是繼承家業，並不是我能幹，家裡大小事情，向來是交給總管和老傭人們去打點的。」嘴巴說著這種謙虛話語，楊君大概不知道吧，臉上露出了自豪的表情。好有意思。我興致高昂，想從楊君那裡聽到更多有趣的事情，看到那一臉孩子氣的模樣。

後來，聽說了幾個故事，最喜歡聽的是姊姊的，請求楊君講了兩、三次的那個——剛剛上學的年紀，楊君跟著姊姊在租給別人的田地那裡散步，姊姊指著田地說這是某某佃農的，那是某某佃農的，可以指認出十幾家佃戶，原來在楊君出生以前，家裡說要讓大姊姊繼承家業呢，原來臺灣也有這種事情——忽然間，看見河道裡有佃農家的孩子溺水，姊姊噗通跳進水裡，一舉救起那孩子。哇，太驚人了，簡直就是戲劇演出。「記住了，照顧這些人是我們的工作！」發出豪語，真是威風的姊姊大人。那個時候才幾歲呀？說出這種話的少女，身姿在我心中有十丈高！

楊君也是這麼想的吧？所以每次模仿姊姊的口氣，那一臉的壯志，跟平常完全不一樣呢。也有這種女人呀，好羨慕，一定是個氣質高尚、胸襟寬廣的女人。聽著姊姊的故事就亢奮不已，忍不住想再聽一次。也難怪楊君會變成這個樣子，英勇的姊姊，軟弱的弟弟嘛。好棒的女人，沒有辦法嫉妒，滿心都是崇拜。如果我也生長在那種家裡、成為女繼承人，會有那樣的氣魄嗎？難以想像。

黑田也聽過姊姊的故事嗎？黑田聽見這些故事會露出什麼樣的表情？我好奇極了。

「要是姊姊是繼承人就好了。」夏天回去臺灣度假的楊君，開學以後愁眉苦臉地這樣說。哎呀，原來楊君也有自覺。喝了一些清酒以後說什麼吳家的人挑剔自己，懷疑能不能支撐家業，父親、母親、總管，每個人都要求振作呀努力的，「難道是我主動想要跟吳家小姐結婚的嗎？現在不是自由戀愛的時代嗎？」說這種話，楊君蠢得真可愛。全是一些吃得飽的人才有的煩惱，大學生都是這種笨蛋嗎？

黑田在這種時候會說什麼呢？

——啊，你一定感到很痛苦吧，無法對別人傾訴這種心情吧。

我猜會這麼說吧，所以這麼說了。真沒想到，楊君忽然掉下眼淚，還沒喝醉而克制不哭吧，真是沒想到，那張俊美好看的、宛如佛像的天真臉龐變得紅潤，嘴唇像紅薔薇花瓣一樣，是滴血的鮮紅色，充滿色情的味道，多麼官能的、肉慾的表情啊，綻放出夜霧裡滿月的光暈，令人心跳不止。

沒辦法，我是庸俗的凡人。那天晚上做了夢，凡俗女人的春夢。我的手伸進楊君的衣服裡面，撫摸到柔軟滑膩的肌膚，充滿彈性的肌膚。解開衣服一看，男人的胸部有嬌豔的光澤，我像是要噴出鼻血那樣興奮，心臟快要跳出嘴巴，一撲上去才發現，夢裡我不是女人，不是瘦小的千榮子，是高大的黑田。我用大大的手掌摩挲楊君的身體，用手指揉捏那小小的乳頭。

棉被裡面美男子哭泣似的呻吟，天底下還有比這更好聽的天籟嗎？

啊，我有點激動……

百花盛開的月夜，被窩裡面楊君背對著我哭泣，露出玉石顏色的脖子、珍珠形狀的耳垂。張口一咬，嘗到棉花糖的甜味。啊啊是在做夢嘛，我知道了。楊君轉過來，兩條手臂緊緊摟著我的肩膀，那是黑田的寬闊肩膀，跟我接吻。我不曾這麼激烈的跟人接吻，夢裡互相吸吮對方的嘴唇，牙齒啃咬牙齒，不記得誰慢下來了，那人用小牛一樣美麗的眼睛注視著我，過來輕輕吻我的嘴唇，用舌頭舔我的嘴唇，我的舌頭……

醒來想哭，世間原來有這麼寂寞的事情。肥皂泡沫般的虛無。是夏天商店招徠客人的彩色氣球，一個一個針刺破滅的寂寞。不會再有人那樣吻我吧，不會再有人視我如珍寶那樣擁抱我的。可悲的二十四歲的女人。如今會吻我的，只有蚊子而已。

好了好了，我說過了，那不是戀愛，只是性慾。

人生只有食慾和性慾。

啊，這個世界有上帝嗎？

那個早晨，有風穿過我的蚊帳，有艾草的味道，有風鈴的聲音。我的眼睛濕透了，在被窩裡想念下著雨雪的深夜。那應該不是夢吧。雨雪在天亮前結束，時子靜悄悄離開被窩，替我掖緊棉被。善良溫柔的時子，該不會愛著我吧，我才不會這麼想呢。可是，那個短暫的片刻，覺得世界也有令人依戀之處，心頭柔軟，像冰雪融化，月夜裡有百花盛開，濃烈的香氣鑽進鼻子裡面，淚水盈滿眼眶。

應該要在上帝臉上吐口水。

這個令人依戀的世界，貧窮的人類還是只有食慾和性慾，沒有戀愛這種事情啊！

黑田多好，楊君多好啊！臺灣，多好啊！在東京幽靈般的活著，不如拋下一切去臺灣，我是沒有故鄉的人了。沿途打工去九州，買張船票去臺灣，看看那裡的新高山，看看溪流和叢林，跟著番人唱歌跳舞度日好了。沒有白米飯吃，總有香蕉和木瓜可以吃的吧。

楊君說過的不是嗎？夏天的午後，爬到樹上吃龍眼，太熱了而流下鼻血。縱情吃芒果，牙齒卡著纖維，指甲縫染成金黃色。南國的風情啊！總覺得島嶼的人情濃厚。立刻跳入河裡救人的英勇少女，多美麗的故事。我也想要獲得救贖，只是誰會將我從名為都市的河道救起來呢？

遙想島嶼，內心也很寂寞。

炎熱的島嶼臺灣，西瓜浸在冰涼的井水裡面。早晨吃糖水愛玉子當點心。大雨驟至，在窗裡看支那式房屋的屋簷降落一片雨幕。雨後院子的葡萄藤閃動晶瑩的水光。池塘裡的蓮葉底下，游著銀色的魚。晚霞照映椰子樹，絲瓜花上凝結晨露。楊君不寫詩，不寫短歌，太可惜了。那是比八戶港加倍美麗動人的故鄉，不是嗎？

廚房養著螃蟹，常常餵鴨蛋吃，秋天的螃蟹就有醇厚的蟹膏。紅豆泥包著油油鹹鹹鴨蛋黃的小圓餅，也在秋天的時候出現。油煎的豬肉香腸，香氣撲鼻。冬天曬乾的臺灣年糕，夏天時加上砂糖烹製成甜滋滋的年糕茶。香蕉葉盛著糯米糕，餡料是清香的藥草，都是歷經歲月風霜的老婆婆們親手做的……。楊君應該要寫小說和童話才對。那會是溫情的、羅曼蒂克的南國故事。

還有這樣的事情對吧？年齡差距很多的妹妹，不久之前去讀女學校了，國語和英語都很流利，不到十歲就會讀寫漢字。哥哥臥病的時候在床邊誦讀詩歌，給哥哥解悶。兄妹感情真好啊。聰明可愛的小妹妹，撒嬌說卒業以後也要跟著哥哥上京，想跟哥哥一起去看上野公園的櫻花。多麼純真的嚮往，是白色花朵一樣的女孩子啊。「為了妹妹，覺得不能不爭氣一點了。」楊君露出溫柔的表情這麼說，「只要浮現照顧別人的心情，就會變得堅強。」

姊姊提攜弟弟，哥哥愛護妹妹，彼此依戀的一家人。那些楊君姊妹的事情，我總是聽得眼眶發濕。這個廣大的世界，沒有想要照顧我的人，也沒有我想要照顧的人。寂寞狠狠鑽入胸口，鑿出深邃的山洞。

這種時候忍不住會回想起那個夢。柔軟的肌膚，柔軟的嘴唇。儘管根本沒有發生過那些事情，卻有懷念過去的惆悵。我遙想那個南方的島嶼，心裡浮現同樣的惆悵感。純樸的、富饒的、美麗的島嶼啊。紅磚蓋成的支那房屋，前院的蓮花池塘，後院的熱帶果樹，那屋子裡有果敢的姊姊、嬌憨的妹妹……，我要是生長在那裡就好了。

一心想著那南國。

厭煩在飯館工作，假笑很難受，滿腹自甘墮落的悲哀，也沒有辦法走開。飯館一天供應兩餐，有床墊棉被，至少存下買書的餘錢，可以讀高爾基和林芙美子的小說。將來會過什麼樣的日子呀？會跟哪個男人結婚嗎？我無法想像，不禁深感絕望，掉入黑暗的深洞。為了填飽肚子，在這種地方作踐自己，只有在拿到稿費的時候找到自我，只有在買書的時候覺得身體發光。

老是這樣悲憐自己的身世，連自己都覺得煩膩。畢竟只是從青森的八戶港那種窮鄉僻壤出來的孤女，是海濱曬乾的魚一樣的千榮子，不是島嶼臺灣的富家少爺楊君啊。楊君真好啊，一輩子有一次餓肚子的經驗嗎？

帝都東京為什麼不乾脆發生戰爭算了，讓世界毀滅好了，讓地球裂成兩半。全部的人一起滅亡，那樣才叫公平。唉，可是啊，那個南國的房子，那對姊妹，讓她們活下來好了。我真想做她們的姊妹。

坦白說，我也懷念那海潮鹹風的故鄉，只是那裡沒有家人了，沒有家人的故鄉，不能說是故鄉、惆悵、孤單，甜美的鄉愁全部送給島嶼臺灣吧。如果有來生，我要誕生在臺灣，要有一個姊姊、一個哥哥，我就做那個幼小的妹妹吧。我一心想著這些事情，毫不厭倦，愉快、愚蠢，又天真。

啊啊天是不是要亮了？

軟弱的、可愛的、可憎的楊君呀，是不是也要清醒了？

喝得爛醉，昏迷般的倒在這裡，我是知道的，您是期盼黑田找來吧，不是嗎？沒有關係，這小小的壞心眼我會替您保密的。黑田的眼睛裡有高山、大海，有春風和櫻花，我也替他保密了。天亮以後，黑田會像往常一樣來敲門的。今天的領帶，也是金色的織紋嗎？

不知道為什麼突然想哭。

深夜像少女的火柴棒，天色發亮就要熄滅了，火光裡的想望會煙消雲散。

如果上帝在火光裡露出大鬍子的側臉，我該許什麼樣的願望呀。硬幣，鈔票，數不盡的財富嗎？握壽司，炸豬排，牛肉可樂餅，紅豆麵包，還是，那潮味濃郁的故鄉，那下了大雨以後閃閃發亮的島嶼……，是不是有敲門的聲音？一定是黑田吧。啊，等一等。我想到了，火柴棒的火光裡面，那脖子，那耳垂。

原來如此。是吧，那就是了吧，應該是的吧。

想得都昏頭昏腦了。

我想戀愛。

站長的少妻

「本島有很多『无神』，您沒有聽說過嗎？」

「『无神』？」

「可不是嘛，人們很少走動的地方、靠近河川溪水，還有許多樹木和竹子的地方，都會出現帶走活人的『无神』。那個啊，就像是神隱，一個大活人在眨眼間就消失了，怎麼也找不到。我們所居住的這山裡，也有許多活動在人們身邊的『无神』喲！」

「哎呀！」

「您不知道呀！幾年以前，林場的伐木工人有位姓木村的，下班時分沒有出現，就這樣失蹤了兩天，最後在多囉嗎站的站房後面找到，那可隔著好幾站呢！那個木村可沒有搭乘火車喔！鐵道部的大家看見就會認得的嘛。找到的時候呀，真可憐，我不忍心說那個模樣，回來沒有多久就死了。本島人都說，那就是『无神』的惡作劇。」

「拜託了，請不要說這種可怕的事情。」

「那可不行，金子太太，您如果不知道危險，可沒有辦法在這裡生活呀！」

吉田太太一臉嚴肅地面對金子家的年輕夫人千代，嘴裡說著嚇唬的話語。

那個時候，千代滿腹怨懟，心想對方是有意欺侮吧。畢竟這種鄉野的傳說奇談，作為交際場合的話題未免太粗鄙了。

因此，千代沒有想到後來會有這樣的一天。

那是在無邊無垠的巨木矗立環繞身周，幽暗冰冷的夜霧裡面。

千代小聲問霧裡的那個人：「你是『无神』嗎？」

一

說到無趣的生活，千代連轉述的力氣都沒有，枉論是提筆寫信了。

早晨六點鐘早飯，正午十二點鐘午飯，晚間六點鐘晚飯。三餐之間，只不過是家庭主婦乏味的瑣碎家務，洗衣，晾曬，灑掃，清潔，記帳。

是丈夫任職鐵道部而重視時間準確的緣故嗎？金子家裡有一座精緻古老的座鐘，丈夫視同珍寶，搬家的時候不惜耗費金錢心力送上山頭。古老座鐘每到整點時刻，便會發出與時刻相符的敲鐘聲，千代不得不受到鐘聲所牽制。

鏗鏗鏗鏗鏗，五點鐘，千代開始全新的一天，接著便是鏗鏗鏗鏗鏗鏗的六點鐘，早飯，鏗鏗鏗鏗鏗鏗鏗鏗鏗鏗鏗鏗的十二點鐘，午飯，又是鏗鏗鏗鏗鏗鏗，晚飯……。說什麼全新，其實是沒有變化的、令人窒息的每一天。

那天千代翻開濕潤的報紙，看見日期「昭和八年十月十二日」，一時茫然不知所以，不禁深感悲慘。一度想著來寫封信吧，對人傾訴一番如今的境遇，可是回想無味的生活就疲乏力竭，並且座鐘敲響，鏗鏗鏗鏗鏗鏗鏗鏗鏗鏗鏗，十一點鐘，千代丟下鋼筆，投身廚房料理午飯。

鐘聲與鐘聲的縫隙裡頭，千代也把殘酷的疑問拋擲在那裡。即使寫信，又該寄去哪裡，才能夠讓知心的人收到信件呢？

啊，來到此地已經兩個月了。

千代無法不深痛感嘆，未來還有無數個「兩個月」啊！

昭和八年夏天的一個假日夜晚，千代的丈夫毫無前兆、晚飯後說了調遷阿里山的事情，於是最熱的八月分，千代便隨著丈夫住進森林鐵路主線總站的阿里山站臨近聚落。儘管說是最熱的月分，平地炎熱的酷暑完全不見蹤影。當作踏青遊玩，這裡是幽靜美麗的好地方，成為住民卻不是這麼一回事。

突如其來的調遷，千代原以為是時年開發的嘉義竹崎間通勤站，譬如新竹崎、榮町或者崎下車站，由於鄰近熱鬧的嘉義市，勉強能夠接受離開久居的臺中城。當千代知道丈夫遷任御神木車站站長，不由得望著鐵道路線圖放聲哭泣。

只有樹木林立的深山車站，教人怎麼過生活呢？千代這樣哭訴。丈夫卻態度冷淡，一口一口抽著菸說：「不是住在御神木，是阿里山。那裡還有小學校，想必相當熱鬧的。」

儘管丈夫這麼說，御神木站與阿里山站僅僅相距一站，而且還是森林鐵路最深處的車站，千代怎麼說也無法得到安慰。實際搬遷入山以後更是如此。同個聚落的人們，不是鐵道部，就是林場的僱傭人員——當中有內地人、本島人，也有番人——無論哪個都好，對千代來說，平日接觸的那些人的妻子，都是同樣的庸俗粗魯，沒有辦法成為朋友。

千代並非初始就懷抱歧見，是遷居妥當、邀請鄰居的幾位婦人到家裡茶敘才心有所感。就是那個時候，吉田太太夸談荒誕的「无神」傳聞，渡邊太太急於附和，茶水渣子和唾沫噴濺在金子家新鋪的榻榻米，而吉田家的番人女傭在旁安靜微笑，千代心想這種傳聞說不定正是番人的惡意，這些愚蠢的婦人太無智了呀，怎麼能跟這些人共同生活呢？

千代在島嶼的高山上感到無邊無垠的寂寞。

沒有可以說話的對象。沒有變化的日常生活。最糟的，是阿里山的雲霧。無聲無息湧現，轉瞬覆蓋樹林、房舍、人和動物，留下像是被舔舐過似的潮濕的萬物，無影無蹤消失。牆壁、榻榻米、衣服、被褥、茶几、報紙，總是濕答答的。那雲霧簡直是有生命的活物，是自然山野的惡作劇，令千代飽嘗困擾。

無法視物的大霧裡面，千代懷念起臺中城櫻町的娛樂館、榮町的臺中座，阿里山哪裡會有好戲院呢！千代也懷念無論何時、即使一個人也可以輕鬆出門的臺中，假借要給丈夫送點心，獨自搭乘火車到豐原站，去買媽祖廟外頭酸甜的黃梨汁，去看看媽祖廟裡頭臉孔宛如少女的媽祖婆。

身在阿里山的千代，卻只能聽著鐘聲響起，鏗鏗鏗鏗鏗，新的一天。

「請您用點紅茶吧，儘管不是什麼稀罕的東西；還是您想要嘗點大稻埕來的包種茶呢？」

鏗鏗鏗，下午三點。千代泡了熱茶。沒有說話的對象，只能宛如兒戲伴作貴客來訪。

「哎呀，不喜歡西伯利亞蛋糕嗎？是，說的是呢，因為夾餡羊羹太甜了呢。醬油海苔煎餅不是更好嗎？您也喜歡是嗎？」

千代在空無一人的客廳發出笑聲。要是感到語調不夠優雅可親，便會調整以後重說一次。幻想中的貴客，都是從東京和京都來的鐵道部奏任官夫人。為此，千代有時突然起身到鏡前端詳妝髮，在意哪個小地方可能出現破綻。

「您說我是不是東京人嗎？不，外子是的，可是我昔日是鄉下地方的粗野姑娘，您沒有聽出來嗎？我是下關人……是的，我並不是『灣生』呢，很快就要跟外子回到東京去了。」

鏗鏗鏗鏗鏗，傍晚五點，準備晚飯。

高山空氣稀薄，費盡力氣也無法做出好吃的料理。臺中城能夠輕易入手的鹽和糖，這裡取得不便，吃的東西只有米飯、菜乾和漬菜，再來就是菌類與蕨類而已。如果不倚靠這種遊戲，千代沒有辦法打發漫長的日子。

不過，千代最近開始期待起霧的時刻了。

最早是那樣的。緊捉日頭高升的片刻晾起被褥，卻因為在廚房土間角落深陷除霉的苦戰，沒有發現大霧雲湧，等到千代回過神來，只能擁抱竹竿上濕漉漉的被褥淚流不止。

那個時候，被褥的另一邊有人對她說話：

「還是小孩子的時候，妳最喜歡玩哪一種遊戲？」

二

出身內地的山口縣下關市，千代總是這麼說。

六歲那一年，千代隨父母搭乘內臺聯絡船，從門司港倒逆黑潮海流，到達溫暖的南方島嶼。在那之前，千代和父母住在名為茶臼山的山腳村莊。跟阿里山相比，茶臼山只能說是土丘那樣的玩意，可是跟下關市相比，茶臼山是一座林木遍布的野郊深山。千代生活在山與山比鄰的中央地帶，放眼都是山野，油綠色的春夏，赤黃色的秋冬，土丘的山林上頭是高高的天空。

千代聽說要搭乘大船渡過海洋，滿心雀躍不已，可是明白那意謂告別玩伴，以及綠色的黃色的山野以後，哭泣對父母說請留下我吧，去當某某人家的女傭也沒有關係。

一旦抵達熱鬧的島都臺北，千代卻忽然沒有辦法發出怨言了。

那小小的胸懷，與其說是因為繁華的都市風貌，不如說是為聲響所填塞。大船的、火車的汽笛聲餘音悠遠。人們往來走動的木屐踩在石磚地面清脆響亮。小販叫賣有如歌唱，聲調的高低長短、節奏的急緩輕重，沒有任何重複。本島人的廟宇外埕有人群長長地列隊行走，各自演奏不知名堂的樂曲，每個樂器都發出獨特的聲響。長長的鞭炮炸起來，劈劈啪啪砰砰，最後變成轟轟轟轟。那並不是混亂的嘈雜聲響，對千代來說，是前所未聞的美妙的合奏樂曲，令她胸口鼓動，感動不已。

小小的千代，好幾天的夢裡都是同個情景。

色彩斑斕的華麗廟宇，內外有騰騰上升的線香煙霧。那像是雜技，像魔術，舞臺上人人各變各的戲法。成群結隊演奏樂器的隊伍裡面，有高大的人偶穿梭其中，有眾人合力抬轎，倏忽一條遊龍彷彿在海浪裡翻滾似的游過人潮，幾頭模樣奇怪的獅子蹦蹦跳跳。鏗鏗鏘鏘，嘩嘩沙沙，呼呼哈哈。千代的夢裡有熱帶的島嶼樂曲。

千代也記得第一次吃到綠豆湯，既甘甜又解渴，內心驚訝怎麼有這麼甘美的點心呢？第一次吃到柔軟多汁的樣仔，也無法用言語表達口齒領略到的美好滋味。

那時母親只要看見千代那難以言喻的表情，就會笑起來對千代說妳看看，這裡多好，都市比山野好多了嘛！

千代果然很快脫胎換骨成為都市的少女。

進入小學校以後，千代總是對同班同學說不久前才從下關市搬到本島，尤其喜歡看見那些在本島出生的同學們面露羨慕，從而內心浮出一線優越的欣喜之情。只有相當稀少的幾次，千代會因為同學的臉上神情想到那個土丘村莊的童年玩伴。

「還是小孩子的時候，妳最喜歡玩哪一種遊戲？」

千代心想，那是指本島，還是茶臼山的時候呢？

第一個浮現腦海的，就是土丘村莊的同齡女孩阿久。

樹林與河川中間的草原，千代與阿久每天都在那裡玩耍。編織花草頭冠、手環，採集小小的野漿果，捕捉河川淺灘的魚蝦。也會唱歌，隨著曲子跳舞。千代和阿久沒有特殊的遊戲，要說比較輸贏，只有看誰跑得快、率先抵達樹林深處最為高聳的那株老樹。

得知千代舉家搬遷本島，阿久臉頰紅紅的淌滿淚水，說話結巴，第二遍千代才聽懂：「千代，真的開心嗎？搬家了，誰陪千代玩？」

被褥另一邊的那個人，聲音就像阿久。

三

後來，千代又覺得那個聲音像重松學姊。

女學校時代，比千代高一個年級的重松彩子學姊。

「不是林（LIM）而是林（HAYASHI），對嗎？」

那是結識之際，重松學姊所說的第一句話。

千代婚前的舊姓「林」，是內地常見的姓氏，在本島更是大姓。千代就讀的臺中高等女學校裡本島學生相當稀罕，老師首次點名卻總是先讀成「LIM」，日久大家都這樣稱呼千代。

可是重松學姊輕鬆微笑說：「不是林（LIM）而是林（HAYASHI），對嗎？」又說：「無論稱呼為LIM還是HAYASHI，妳都是妳喔。可是，我會稱呼妳HAYASHI。因為妳是這樣希望的吧？」千代的眼淚差點奪眶而出。

重松學姊是千代由衷憧憬的前輩。

起霧的時刻，那個人就會出現。

隔著晾曬的被褥、衣衫，或者在廚房土間的窗外對千代說話。那個人使用的好像是重松學姊的聲調。

「林，這是妳理想中的生活嗎？」

「不是的，我不想過這樣充滿痛苦的生活。」

「是這樣嗎？可是妳決定跟那個男人結婚，跟隨他到達這裡喔。」

「說這種話太殘酷了，我沒有選擇的餘地吧？」

「那麼妳想過什麼樣的生活？」

「這是在說，理想的生活嗎？」

「是的喔，妳曾經想過的，對嗎？」

重松學姊是不是也說過這樣的話呢？

千代宛如反芻咀嚼，思索這個聲音到底是肖似阿久，還是重松學姊更多一些。

「林想要過什麼樣的人生？」

並不是詢問卒業後的職業，也不是婚姻，而是人生。

千代一點也想不起來當時的回答，牢記的是重松學姊的自我剖白。

「我啊，如果可以住在山上，就算跟番人結婚也可以喔！林還沒有登山的經驗，或許不明白吧，高山的霧靄，溪谷的流水，鳥的鳴叫，還有風，為了這些我可以去死，跟番人結婚又有什麼關係。」

重松學姊與她的兄長們熱中登山，投身登山社團的活動，長假並不是去海水浴場，而是新高山、次高山、能高山，是呀，也有阿里山。

「林也想過這種事情對嗎？無論如何不可能退讓的、寧願玉碎的事情。」

我的生命中有這種事情嗎？千代怎麼也想不起來。

女人的一生，怎麼想都只有那些事情吧。

如果可以，要穿美麗的和服，要住高大的洋房。如果可以，要吃美味的食物，聽美妙的音樂。結婚的對象，要是壯碩健康、沉穩幹練的內地人，跟那個人生下活潑可愛的男孩子。

千代的丈夫金子鐵雄是東京帝國大學的工學士，懷抱野心來到本島，以判任官的技手職銜在豐原任職站長。說親時，稱道即將升任奏任官的技師寶座，成為鐵道部的高等官。彼時千代看著相片裡身著官員制服的金子先生，為那份東京人的精英模樣傾倒，接受了年齡差距十七歲的婚姻。

「那位金子太太未免也太年輕了吧。」

「是呀，金子夫妻看起來簡直是一對父女。」

入住臺中的鐵道宿舍，千代很快聽見丈夫同僚的妻子之間的耳語。

「畢竟是嫁給站長先生，可以過好日子嘛！」

「那也沒有什麼不好，老夫少妻相處起來才融洽呢。沒看見嗎？金子太太每天都去豐原探望新婚丈夫，一臉幸福的樣子……」

那個時候，千代暗暗點頭。

從遙遠的古早時代開始，女人要的，不就只有這些事情嗎？要過好的日子，一天比一天更甚。

可是，在那之後的千代卻心頭蕭索，一天比一天更甚。

結婚那年是昭和五年，千代二十歲，那之後度過了二十一歲、二十二歲、二十三歲……，女人最美好的歲月就要過去了呀。

千代深感難以名狀的孤獨，心想一定是丈夫遲遲沒有升官的緣故。丈夫總是搪塞說：「高等官的比例沒有百分之五，明白這個數字的意思嗎？一百個人裡面，不到五個人。本島高等官的員額太少啦！」

千代卻同樣在耳語裡聽說過，優秀的人才也有直接以技師任職的，而且許多人累積十年的經歷以後就能升任了。可是丈夫的狀況怎麼樣呢？往昔由雇員擔任站長的御神木站，指派判任官的丈夫繼任，不就是所謂的左遷嗎？

本島的升遷困難，為什麼不回去內地？無法回去金子家的故鄉東京嗎？一旦這樣問起，丈夫便會閉口不言，任由千代悲哀哭泣。

「林也想過這種事情對嗎？無論如何不可能退讓的、寧願玉碎的事情。」

千代拚命回想，到底我的生命中有這種事情嗎？儘管用盡全力，腦袋卻沒有一絲一毫的回應，再三回響是重松學姊好聽的聲音。

「高山的霧靄，溪谷的流水，鳥的鳴叫，還有風，為了這些我可以去死。」

說著這話的時候，重松學姊的眼睛熠熠生輝。

四

「金子太太，您這幾天可還好嗎？」

「這話是怎麼說的？」

「您可記得曾經跟您提過，那個啊，『无神』的事情？那可不是胡說的事情呀，您千萬不要忘記。因為啊，不久之前我們家的女傭美那啊，說好像見到您一個人在說話呢。」

「啊，什麼嘛，太失禮了。」

「您可不要生氣，要是我們美那冒犯了您的話，我們可過意不去啊。可是『无神』是會迷惑人的……」

「夠了，吉田太太，請您回去吧！」

「哎呀，哎呀，我這就回去，可是您無論如何不能吃陌生人給的食物，那是『无神』的捉弄，可都是泥糞，還有蚱蜢、青蛙啊。我不忍心說的，可是那位木村被找到的時候呀，真的是，滿嘴都是糞土呢！您千萬不能忘記呀！」

五

吉田太太的說詞令千代大受驚嚇，可是那並非因為「无神」，而是祕密遭受窺探的緣故。

鏗鏗鏗鏗鏗，新的一天。做早飯的時候，千代在廚房灶爐臺上發現紅色的小小果實。「吃吃看吧。」那個人在窗外說。千代沒有吃，收在圍裙的口袋。幾度取出來，不管怎麼端詳都是同樣的紅色的小小的果實。即便千代懷有拿給丈夫、吉田太太，或者番人美那看看的念頭，最後只是在隔天早晨丟進灶爐的火舌裡面。

「為什麼不吃呢？」

「沒有見過這種果實，所以不吃。」

「在茶臼山，沒見過的野漿果也會拿來吃不是嗎？」

「那是童年的事情了。」

「妳啊，可憐的人。」

「太殘酷了，為什麼要這樣對待我呢？如果可憐我，為什麼不從那邊過來讓我看見呢？」

「真可憐哪，如果相信，不用眼睛看見也會相信的。」

那個人說，便不再出聲。

如果相信，不用眼睛看見也會相信的。

重松學姊笑說。

在高山上所經歷的一切體驗，都是神明的撫慰，是神明的恩賜。

重松學姊曾經有一次在高山雲霧浪湧的時候迷途，不得不就地暫歇。就在等待雲霧消散的期間，有赤腳的番人少女從霧裡走到重松學姊身邊。那個雲霧流動的漫長時光裡，兩個人分食番人少女帶來的烤芋頭，一同哼唱番人的歌謠。彷彿盡興了，番人少女再度走進霧裡，高山轉瞬展露一片晴空。往番人少女離開的方向眺望，起伏的山路上卻看不見任何人影。

「那一定是高山的神明。」重松學姊說。

遠眺山路，青翠山稜宛若曲折起伏的綠床，稜線接著稜線。稜線上頭是絲綢般的白雲，白雲上頭是湛藍如洗的天空。那樣乾淨明亮，那樣靜謐莊嚴，令人不由得呼吸停窒，心想那肯定是神明大人走過的痕跡。

「可是，難道不是單純的巧合嗎？」千代說，如果是神明，為什麼不直接表明呢？不能以更明確的身姿讓人看見嗎？

重松學姊便笑起來。

「如果相信，不用眼睛看見也會相信的。」

那個晚上，千代難以入眠。

鏗鏗鏗鏗鏗鏗鏗鏗。

鏗鏗鏗鏗鏗鏗鏗鏗鏗。

鏗鏗鏗鏗鏗鏗鏗鏗鏗鏗。

接著回到原點。

鏗——。

千代起身穿上和服大衣，帶著披肩出門，走進夜霧裡面。

雲霧淡去的片刻，月光照射千代的前路。前方是巨木高樹，是紅檜、鐵杉、扁柏，是五葉松。雲霧無聲，如水流動，匯合以後又向四方散逸。阿里山的暗夜幽靜，幽靜裡有大千世界。風的聲音是樹梢林葉互相騷動，是露水凝結從葉尖滴落又破碎。偶爾有鳥鳴，有野獸的足音。

天地細語，每一個微毫的細響都像是純淨的音符，千代彷彿生平第一次聽見聲音，感到過去的耳朵只是徒作裝飾。

「可憐的人，林啊。」

迷霧裡那個人說話。

千代仍然不知道那是阿久還是重松學姊的聲音。

「既然如此，妳把手伸過來這邊吧。」

那個人說完，千代看見巨木的那一邊出現了白皙的手。

霧靄全部消散了，月光輝耀，手腕白皙的皮膚底下有蒼藍色的血管，看起來異常美麗。

那是少女的手腕。

千代不覺伸出手去，與那個人的手指輕輕相觸。

那像是重松學姊的，也像是阿久的柔軟的手指。

「那是風嗎？」山野裡的阿久說。

「風？」千代說。

「竹子的，還有樹的，嘩嘩的聲音。」阿久說。

「啊，說得真好。」千代說。

「高山的霧靄，溪谷的流水，鳥的鳴叫，還有風。」校園裡的重松學姊說。

「風是指什麼？」千代說。

「風啊，會吹動雲霧，吹響流水，會融化冰雪，會帶來暖流，沒有風就什麼都沒有了喔。聽聽，竹管碰撞的聲音，不是比鋼琴的聲音還要好聽嗎？」重松學姊說。

不知道什麼時候大霧瀰漫，宛如雨水細潤，令人不由得渾身顫抖。千代彎曲著身子哭泣起來，那個人靠在千代的背後。沁涼的霧裡，唯有那裡是溫暖的。

溫暖的感覺，像是茶臼山的草原，千代與阿久玩耍累了疲倦睡去，那裡暖烘烘的草原泥土，像是重松學姊將千代的制服海軍領掀在耳邊聆聽風聲，彼時從千代背後傳來的體溫。

千代彷彿睡裡，彷彿夢醒，顫抖的身軀輕輕搖晃，卻好像有什麼甜美飽滿的東西鼓脹胸口。

那個人在千代的耳邊吐出溫暖的氣息。

「林想要跟我一起走，對嗎？」

六

豐原的媽祖廟裡頭，千代雙手合十，從指尖上方凝望著媽祖婆。

廟宇裡有線香絲絲繚繞，如雲如霧，覆蓋鮮紅色的廟柱、燦金色的神龕。神龕中央的媽祖婆含笑垂目，臉色潤澤如少女。千代曾經無數次越過指尖凝望媽祖婆的臉龐，心想那是像阿久還是重松學姊更多一些。

「林想要跟我一起走，對嗎？」

那聲音，竟然也像媽祖婆開口說話。

「林想要過什麼樣的人生？」

「林也想過這種事情對嗎？」

「無論如何不可能退讓的、寧願玉碎的事情。」

千代好想痛哭出聲，感覺身體被撕成兩半。

沒有這回事。千代心想，我從來沒有選擇的餘地啊！

小小的千代不想離開茶臼山，只想跟阿久奔跑於泥土溫暖的山野。少女千代凝望著重松學姊明亮的眼睛，悄悄祈願跟這個少女一起在高山裡永遠迷途。然而，論及婚嫁的千代仍然端坐座敷，低頭聆聽教誨，彼時的母親一一展示相親照片，笑起來對千代說妳看看，這位金子先生多好，東京人比本島人好多了嘛！

「林想要跟我一起走，對嗎？」

是這樣嗎？千代內心比雲霧還要迷濛。我想要的，到底是什麼？

七

阿里山的夜霧浮動，林木矗立，遠方和遠方都是巨木高樹，看不見盡頭。

千代心想那個時候的重松學姊也是這樣嗎？

卒業兩年以後，重松學姊結婚前夕造訪阿里山，在森林裡失去蹤影。千代輾轉聽聞，當地人說那就是被「无神」帶走了。

黝黑的迷霧森林裡面，那個人靜靜從後懷抱千代彎曲的背脊。可憐的人啊，那個人說，因為這個殘酷的世界才令妳痛苦的，妳一直想要的並不是華服和美食吧。

「你是『无神』嗎？」

千代小聲地問。

那個人便輕輕笑起來。

「不要害怕，我們玩個遊戲好嗎？」

「現在不想玩。」

「只是看看誰先跑到紅檜神木那裡嘛。」

那個人放開千代，站在旁邊。千代想要轉頭，卻沒有辦法轉頭去看那個人，想著會看見阿久的臉嗎？還是重松學姊？或者是，媽祖婆？

雲霧茫茫，風吹微微。

前方是高樹與巨木。

月光從雲霧的縫隙裡偶然穿出，清晰照亮前路。

好亮呀。

那是千代此生以來，前所未見的明朗光華。

向前遠眺，林木高高低低沿山起伏，筆直的樹，彎曲的樹，樹梢針葉的葉尖，爬滿樹幹、腐木與土地的苔蘚，苔蘚裡的細小花朵，都有點點滴滴的夜露灑落。晶瑩的夜露反射光芒，深邃有如銀河，璀璨有如流星。月光照映山路野徑，那樣乾淨明亮，那樣靜謐莊嚴，令人不由得呼吸停窒。

幾乎是在同個瞬間，千代清晰聽見風的聲音，甚至是霧靄的聲音，有如神明的吐息，教人顫動，淚水霎時泉湧而出。

皎潔蒼白的月光底下，千代奔跑起來——

輯二

花物語

竹花

那是寬眉從女學校卒業的春天。

茄苳樹的花朵盛放，貓羅溪的水位高漲。

日頭照耀的時候，泥土地踩著有熱氣，春風吹拂，卻令人身軀發抖。

就是那樣的春天，寬眉從臺南廳的長老教女學校卒業，住進家裡在南投堡牛運堀蓋起的一落新厝。那個時候，寬眉結識了那個名為青的女孩。

青原本喚作「青的」。

青的阿母生養許多孩子，包含夭折的，全部隨意命名。青上面的兄姊是「大的」、「白的」、「黑的」、「憨的」、「巧的」……。青出世那時屁股有塊特別大的青斑，所以叫「青的」。

寬眉受不了，教青把名字讀作國語發音。

——「青（AO）」，啊喔。

青細聲在嘴巴裡唸著。啊喔，啊——喔，啊喔。

然後青抬起頭，對寬眉露出微笑。

青的家裡沒有田地，兄姊年紀大的跟著族叔到臺中城做工，餘下的留在牛運堀分擹家務，跟隨阿母零碎幹活。

小小的青，每天的活計是清洗水缸、打水儲水、到水圳割水藻餵鴨。以前青也跟著阿母阿姊到包尾一帶幫農，鎮日的削蘿蔔、漬蘿蔔。

那是以前。

青原先還跟姊姊們輪替著洗衫洗褲，如今都少做了。

前兩年青那個「大的」哥哥教會她游水掠魚，往後青靠著這項本事每天能給家裡加兩樣菜，母姊甘願讓她滿山遍野去走。

講到魚，青就會笑，像她小聲唸著啊喔那樣。

十六歲的寬眉結識十歲的青，那一年是明治四十二年。

文明開化的年代。

縱貫鐵路貫穿島嶼臺灣的年代。

女子解開小腳進女學校讀書的年代。

明治四十二年的那個春天，青說她想看看竹子開花的模樣。

一

寬眉和青第一次說上話，是在張家大厝後邊的竹林。

青走在竹和竹的中間，伸手一支一支的摸。

仔細看了才知道不是摸，是用手掌圈握竹子。

「這樣有什麼趣味嗎？」寬眉說。

「哦，我在尋釣竿。」青說。

青還在握竹子，話講完才把目光掉轉過來看人。

「要四、五尺長，不要太重的，也不要太粗。」青說。

「這支不行？」寬眉隨手指著一支。

青看一眼，搖頭。

「太沉了。」

「真講究，妳也懂釣魚？」

青笑起來，沒有回答。

那是寬眉和青第一次說話。

早在見面說話以前，寬眉就知道青了。

青一家住在張家大厝最外邊的外護龍，緊傍作為地界區隔的茂密竹林。竹林出來，越過貓羅溪的支流，再過街道，就是寬眉入住不久的新厝。自街道眺望竹林，寬眉偶爾看見青的小小身影穿梭其間。

寬眉終於走進竹林跟青說話的那一天，春風吹來寒意，竹管和竹管在風裡清脆作響。日光從竹葉縫隙篩落，照在青的臉上放光。

寬眉尾隨青到溪流邊去。

青帶著那根砍折下來、去除細枝的竹竿，竿尖綁上棉線，棉線綁樹枝和石頭，最下端綁住一截紅紅的杜蚓仔。

咚。

杜蚓仔和石頭小聲入水。

樹枝在水面的小小波浪裡浮沉。

第二陣春風吹過樹梢的時候，青拉動竹竿，魚兒隨線出水。

青握住魚身，輕拉釣線，杜蚓仔就從魚嘴滑出來。

「真厲害！」寬眉說。

「小聲，魚會著驚。」青說。

話說完，魚扔進竹簍，竹竿晃動，杜蚓仔和石頭再次下水。

「沒有鉤子也能釣魚？」

「要等魚吞蟲入腹才拉線，著急就釣不著。」

「為什麼不用鉤子？」

「鉤子沒處買，我大的哥哥說，大城有賣，給有錢人買的。」

「哦……。刺竹的短刺，不能做鉤子？」

竹竿上的棉線前後搖動。

青沒拉竿，側頭過來看著寬眉，像是第一眼看見她。

「我叫『青的』，妳號叫什麼名？」青說。

「叫作寬眉。妳為什麼叫『青的』？」寬眉說。

對，就是那個時候。

要到那一刻，才是寬眉與青結識的開始。

後來，寬眉常去看青釣魚。

青也釣水雞，抓鯏鰡溪蝦，涉水摸蜆仔和河蚌。

摸到田螺多半敲碎，放進竹簍，浸在溪裡過夜，隔天要是看見白鰻或鯰仔，就是難得的大收穫。

但青最喜歡魚，喜歡釣，也喜歡講釣魚。釣起魚，指給寬眉看，說這是山漣仔，溪哥仔，紅貓，鯽仔。

青也講釣具。

小樹枝做浮針，小石頭做沉錘。

就地隨手挑撿，說著「這太細枝，自水面上看就看不明顯」、「石頭太重，樹枝浮不起來」這樣的話。

又說，竹竿應該要拿更長的，七、八尺長最好，可是現在拿不動，等年歲更大以後，要拿九尺的竹竿。

青只有講到釣魚才多話。

刺竹的短刺，像個朝天的小三叉。

對付水雞柔軟光滑的肚子，短刺比菜刀順手。

不過以短刺做釣鉤，青十次拉竿只能釣起一次。

魚會上鉤，半空中一扭身又掉進水裡。

「害我想要鐵做的釣鉤了。」青說。

青總在早飯後釣魚，日頭升到天空中央之前收竿。

用竹刺釣魚那天，收穫減少，也沒有多釣片刻。

「中晝太熱，釣不著的。」青說。

「為什麼？」寬眉說。

「不知道。落大雨也釣不著。」青說。

小小的腳板踩進水裡，青沿著溪緣的水草亂石摸出竹簍。

寬眉湊過去跟青一起探看竹簍。

一尾漆黑泛青光的大鱸鰻在簍底蜷翻，尾巴掀濺水珠。

水珠子落在青的笑臉上。

寬眉看著那臉蛋上滾落的水珠子，心想自己從來沒有這樣的在意一個人。

二

南投堡的春天是茄苳花開。

那是不起眼的花，就像南投堡。

內地人蓋起縱貫鐵路，從基隆到高雄，去年春天全線通車。

蒸汽火車駛經臺灣中部的臺中廳、彰化廳、員林郡，飛馳在文明的科學的鋼鐵軌道上面。可是，唯獨沒有伸進南投堡的蒸汽火車支線軌道。

南投堡是南投廳的廳治所在。

寬眉幼年跟著阿母娘家的女先生讀書，讀過南投堡的歷史。清國乾隆之世，漳人已經在此開墾。南投堡是臺灣中部山區的重要城鎮，漢人要進高山，番人要進市街，非經此地不可。

可是縱貫鐵路的支線沒有開進南投堡。現今所見，只有輕便臺車的鐵軌。南投堡的人們講，日本人的甘蔗糖廠就要開進南投嘍。放眼都是那種輕便車的軌道。

寬眉從臺南廳到南投堡，要兩天的時光。從臺南廳到彰化廳，在寬眉阿母的鹿港娘家過夜，隔日天光，輾轉搭輕便車進南投的新厝。

寬眉阿爸是南投堡牛運堀人，青年時期便走闖彰化廳、臺中廳，前些年回鄉蓋起新厝，始終不得閒空駐足幾日。寬眉卒業離校，臺中廳的家裡只有工作、讀書的兄弟，索性攏著奶母和使用人們進南投堡小住。

若在臺中的家裡，就要做女紅、花藝，學習操持家務。在鹿港的黃家，就成日跟著妗母阿舅、外嬤外祖進出地方活動。那種時候，寬眉總聽見人說她那雙沒上裹布的大腳。

「現在是日本人的時代了！」

有一回，年輕的屘舅當面向對方辯駁。

「解足是反映文明世界的潮流啊！」

屘舅說話有一腔豪氣。

寬眉在心底附和屘舅的論調，把腰板挺得直直的。

可是寬眉忘記對屘舅說，女學校裡面已經不講「日本人」了，大家講的是「內地人」。

身在南投堡多輕鬆啊。

無事可做，天不落雨，寬眉就去看青釣魚。

風吹來溪水潺潺，有水流的氣味、泥土的氣味，有濃濃的魚的氣味。

水面波光閃耀。

青望著水面的眼神專注。

釣獲少的時候，寬眉問過青這樣有趣味嗎？

青只說水流每天都不一樣、每一刻都不一樣啊。

寬眉不看溪流，看著青童稚的側臉，可以看一個早上。

——我跟這個孩子是哪裡一樣、哪裡不一樣？

寬眉的心底浮現這樣的問題。

像是茄苳的小花掉落水面，暈開心湖的波紋。

沒有答案。

寬眉早就知道青了。

青是寬眉的遠房堂姪女。

寬眉的阿爸出身牛運堀張家大厝第六房，是六房的獨孫。

年輕阿爸受到鹿港光緒進士黃家的二房青睞，跟隨從事筆墨紙業，幾年後在臺中成家立業。下嫁牛運堀張家六房子弟的寬眉阿母，正是黃家二房的女兒。

日後寬眉的年輕阿爸經手一批聖書印刷，開始讀起聖書。寬眉和其中一個哥哥，因著這樣送到臺南廳去讀長老教學校。

入學那時，寬眉十三歲，阿爸說要在南投堡蓋新厝。新厝落成沒人入住，空著等到寬眉卒業。

寬眉進到南投堡新厝，知道隔著街道、隔著溪流的張家大厝，就是阿爸出身的張家。

張家人口眾多，分房以後沒有祖宗約束，各自過日子。

大厝裡面，靠近正身的廂房護龍是扞家的大房、二房在住。寬眉阿爸六房那支，遷出張家大厝以前，必須穿越步道、廂房與過水廊，才能到達正身大廳。

青是張家最沒落的三房之後。青的阿爸亡故後那幾年，一家母子搬了又搬，終於落腳在大厝最外邊，傍著竹林地界的外護龍。

那天寬眉興起，釐清族譜排輩，明白青是她的堂姪女。

可是寬眉沒對青說。

寬眉只是看著青的側臉，想要辨識兩人的相同和相異之處。

寬眉沒有答案。

那是不是就像南投堡一樣？

縱貫鐵路南北貫通臺灣，一條支線也沒有伸進南投堡。

寬眉是臺中廳，是鹿港區和臺南廳，是有蒸汽火車奔馳的鐵道。

青是南投堡，是靜靜開落的茄苳花。

三

青以棉線或絲線做釣線。

線要錢，青從來不多帶，若是斷線，就摸蜆仔捉溪蝦補足收穫。

那天，青的第一竿就勾著水流底下的石頭，白白斷去一條線。

「聽人講，女人的長頭髮也可以用。」青說。

「什麼？」寬眉問。

「可以做釣魚線。」

青一臉正經的看著寬眉。

寬眉有一頭紮成粗辮子的烏黑長頭髮。

長長的髮絲六根一束，五根一束，四根一束，一束一束接成六尺長的釣線。

青拉起第一條溪哥仔的時候，釣線從第二束和第三束頭髮之間滑脫成兩段。

撲通。

溪哥仔跟頭髮綁著的杜蚓仔一同鑽入水底。

五根一束，四根一束，三根一束……

「若是不趕緊釣起來，我就要變光頭了。」寬眉說。

「剛才只是沒綁好。」青說。

寬眉看著青的側臉。

青看著水面。

「妳沒有把釣魚當作做事，純粹是喜歡。」寬眉說。

「對。」青說。

「妳注意我的頭髮很久了。」寬眉說。

「對。」

青小聲說，轉頭對寬眉笑起來。

「我聽人講，番人用魚藤毒魚，我試過，沒有用。不過，原來女人的長頭髮真的可以用。」

寬眉想板起臉教訓幾句「不能作弄大人」，卻忍不住笑出來。

隔天早晨，寬眉把一捲線塞到青手裡。

青低頭看手裡的線，片刻才把臉抬起來看寬眉。

「要珍惜著用。」寬眉說。

青看著寬眉沒說話，眨著眼睛。

那雙眼睛像清澈水流的波光閃耀。

「要說多謝。」寬眉說。

「多謝。」青說。

「只是因為，我不想要變光頭，知道嗎？」寬眉說。

青終於笑起來。

寬眉受到那笑意感染，心底有花如笑靨綻放。

「青。」

「嗯。」

寬眉伸手撫摸青的腦袋，那頭黑亮的頭髮。

「妳的頭髮跟我是一個樣子的，未來留長以後，不要拿來做釣線，那樣太可惜了。」

「也沒有什麼可惜的啊。」青說。

「妳生得好看，以後會嫁到好人家。」寬眉說。

「阿母講，我以後要嫁給那個蓋土角厝陳家的兒子。」青說。

寬眉輕輕撫摸青的頭髮。

宛如青的魚餌下水那樣安靜。

四

寬眉對青說起那些文明的城市的事情。

縱貫鐵路會到達的大城市，那裡有給內地人孩子讀書的小學校，有給本島人孩子讀書的公學校。

讀完小學校，上面還有中學校。

在島都臺北廳，甚至有給女孩子讀的女學校。

寬眉說，舊時代的書房和新時代的學校完全不同。

鹿港黃家為女孩子們請了女先生，以家裡一個寬敞的廂房作書房。寬眉和表姊妹們在那裡習字帖，學句讀，背《千字文》、《千金譜》，讀女誡……

青問，女誡是什麼？寬眉說，那不重要。

新時代的學校教導怎麼講國語，學唱歌和跑步，學畫圖。

「時代不同了。」寬眉說。

青注視著水面。

波浪裡小小的樹枝浮浮沉沉。

青嘴唇動了動。

寬眉靠近去聽青含在嘴裡的聲音。

「時代不同，猶原是有錢人才可以讀書。」青說。

寬眉靜了靜，就過去輕輕摸青的頭髮。

其實寬眉不是讀公學校。

文明開化的明治時代，是內地人的時代。

內地人讀的小學校比本島人讀的公學校要多，寬眉八歲被阿母送到鹿港黃家跟著女先生讀書，十三歲轉去臺南廳讀長老教女學校。

儘管都是「女學校」，長老教女學校跟臺北的女學校不一樣。到島都臺北讀女學校，叫作島內留學，能在那裡讀書的女孩子，將來還可以去內地升學。

如果青是南投堡，寬眉是臺南廳彰化廳臺中廳，內地人就是臺北廳。

是什麼造成這個差別呢？

寬眉沒有答案，為此困惑沉默。

可是寬眉會再講起別的，講在教會女學校的事情，像是讀聖書、學演奏樂器，像是學習漢文也學習國語。

——您辛苦了。

——真多謝。

寬眉會在青的耳邊簪上早晨摘落的玉蘭花，教導青簡單的國語。

寬眉說學會國語，以後日子會更好過。

——春天。

——花。

寬眉說，青要學會記住花期，等年歲更大，不用錢也有香花可以簪髮。

青沒說話。

寬眉繼續說——玉蘭花，——茉莉花。

「釣竿的國語怎麼講？」青說。

「釣り竿（TSURIZAO）。」寬眉說。

青就反覆地在嘴裡唸著，吱哩喳喔，吱哩喳喔。

「真想看看大城裡面，賣的是什麼款模樣的吱哩喳喔。」青說。

寬眉沒說話。

春天的風從水面吹拂上來。

溪水流動，那水道漩渦裡有層層白色的泡沫。

要是青生在張家的六房，不是三房，會過什麼樣的日子？

寬眉心頭浮現自己也不明所以的疑惑。

去鹿港黃家的女書房讀書，去教會女學校讀書嗎？

會像那些親近內地人的人家，讓子弟改口使用國語的稱謂嗎？

——多桑，——卡桑。

——尼桑，——內桑。

「我不懂花，只有喜歡竹子。」青說。

寬眉彷彿從白色泡沫的漩渦裡醒過來，看向身邊的青。

「平常時拿來做牆圍，做掃帚和竹簍，也可以做釣竿，葉子可以綁粽，筍子又好吃，又會長筍龜。沒有什麼比竹子更好的了。」青說。

寬眉想了想。

「竹子的花，我是沒看過。」

「我也沒看過。聽人講，竹子開花叫作竹米，可以吃。不過竹子一開花，竹林會全片枯死，那是歹吉兆，會帶走附近活人的性命。」

「真好笑，那是迷信。」寬眉說。

「性命提去也不要緊，我想要看看竹子開花的模樣。」青說。

「我在猜，妳也想嘗一嘗竹米的滋味。」寬眉說。

青就低頭小聲的笑。

寬眉送釣線給青以後，青偶爾帶點小東西來給寬眉。

熟透的黑色的桑葚。

飽滿的紅色的刺波仔。

絨球狀的橘紅色的鹿仔樹果實。

圓滾滾的黑亮的烏甜仔菜小果子。

今天帶來的是酸藤的嫩葉。

青每用雙手捧來，手掌心染成紅紫色的、烏青色的。

寬眉受不了，拿出巾帕在水裡擰濕了為她擦手。有的時候，去輕輕摩挲那瘦小的手掌，那肌膚粗糙的手掌。

酸藤嫩葉吃著酸酸的嘴裡生津。

寬眉沒吃過這種東西，起初不願意嘗試，青說不試看看怎麼知道，又說聽人講番人打獵就吃酸藤止渴。

「不過這不能吃多，會不舒服。」青說。

「不舒服是怎樣？」寬眉說。

「腹肚痛，嘴舌麻。」青說。

「妳又是聽人講的。」寬眉說。

「不是，我吃過。」青說。

「……」

「也很想要吃一次牛肉看看。」

「牛肉嗎？」

「南投沒人吃，大的哥哥說，大城裡有人吃牛肉。阿姊吃過嗎？」

寬眉沒有吃過，內地人才吃牛肉，也鼓吹本島人吃。

「牛肉好吃，比豬肉和雞肉好吃，吃了體魄會強健。吃牛肉是反映這個文明世界的潮流。」

寬眉說完，又遲疑。

「真好。」青說。

「不過我沒吃過幾次。」寬眉說。

「這樣，要是我有錢了，請阿姊妳每天吃牛肉。」青說。

寬眉失笑出聲。

青也笑起來，目光從水面掉轉過來看人。

那雙眼睛裡有光，比溪流反射的日光耀眼。

「大城比南投的大街還要熱鬧嗎？」

「熱鬧啊！有蒸汽火車，有煤油燈。暗時點起燈火，街路光明，四處都是人。火車出站入站的時候，汽笛聲嗚嗚的響。」

「會有一天，南投也有火車頭開進來嗎？」

「當然是會的，已經是新的時代了。女學校的老師有講過，內地人的鐵軌也要爬上阿里山了，上山、下海，想要去哪裡，就去哪裡。」

「海啊，真好，我也想看看人講的大海。」

「可以的，總有一天。」

是嗎？青小聲的說，我這世人可能看到竹子開花，勝過看見大海吧。

五

寬眉教導青講國語，喜歡聽青嘴裡滾動那些聲音。

——山。

——河。

——雨。

——梅雨。

寬眉也教導青怎麼綁髮辮，怎麼照顧長頭髮。寬眉喜歡青乾淨整潔的模樣。

「學這可以做什麼？」青說。

「妳以後會嫁到好人家的，先學起來才好。」寬眉說。

「就算講不是嫁給陳家，也是嫁給我們萬土表舅公他家的，我叫表兄的其中一個。」青說。

「這個時代變化很快，過兩年，妳可能可以讀一、兩年的書。去大城裡，也有女人可以做的工作。那個時候，可以賺錢、坐火車，可以去海水浴場。未來生作什麼樣子，現在我們怎麼會知道。」寬眉說。

日頭漸漸爬起來，照得樹蔭幽綠。

春天快要到盡頭了，日頭越發赤焰。

青把釣上的魚扔進竹簍，低頭要換杜蚓仔。

寬眉把青的手拉過來，放了東西進去那手掌心。

是油紙裡包著的一塊碎米芳。

青看了一眼，眼睛抬起來看寬眉，又低頭看一眼手心。

「吃吧。」寬眉說。

「聽人講，是白米去砰的。」青說。

「還真厲害，什麼都能聽來。」寬眉說。

「聽講這很貴，只有大城才有。」青說。

「只是因為，妳請我那麼多次，要換我請妳。」寬眉說。

「這很貴的呢⋯⋯。」青說。

「說多謝就好了。」寬眉說。

青沒說話。

寬眉沒說話。

青低下頭，過了小半天，小口小口咬起那塊潔白芳香的砰米芳。

春天尾聲的雨季，天未放光就開始落雨。

雷霆雨勢，奶母不讓寬眉出門。

奶母說，落雨還去溪邊，又不是番人。

撐傘站在新厝外埕，越過街道，越過溪流，會看見小小的身影浮現在竹林之間。

「青會在那等我。」寬眉說。

「孩子人哪裡在講約定，事情過兩天就放忘記了。」奶母說。

那場雨下了好幾天。

稍稍放晴的那天，破曉時分寬眉就到溪流邊去。

青不在那裡。

寬眉想，只是太早了。

掛在樹梢枝頭的雨水一點一滴落下來。

日頭有光，照映溪水波紋閃閃發亮。
雨後高漲的溪水聲音嘩嘩作響。
白頭翁的鳴叫清亮，穿透溪水聲響。
寬眉聽見胸口裡心臟砰砰比鳥鳴還要大聲。
只是，寬眉想，只是正巧跟青錯過一天。
日頭漸漸大亮，把林蔭照深。
樹蔭下寬眉站立不動，努力把腰板挺得直直的。
只是，寬眉想，不是只是，是不是不應該給青那塊砰米芳？
寬眉鼻頭發酸，眼前瀰漫水霧。
春風吹得林葉沙沙。
那風裡有東西輕輕碰到寬眉的手。
是青的竹竿。
「阿姊，我等妳好多天呢。」
青說著走到寬眉身邊。
「今早沒落雨，我猜阿姊會來，去大街那邊跟人換這個。」
青說，把什麼遞過來寬眉手邊。

是報紙包著的一段油炸粿。

「只是幾尾鯽鰡換來的，妳別棄嫌。」

青說，抬起頭對寬眉笑。

那眼睛裡有光。

寬眉俯身去把青摟進懷裡，把熱燙的眼皮壓在青那小小的肩膀上。

寬眉想說，我帶妳去搭火車，去看看大海吧，我帶妳去大城裡買鈞鉤。

可是，寬眉想不出來，要怎麼樣才能做到這些事情。

寬眉只是把熱淚壓在青的肩膀上。

青慢慢的，輕輕的，撫摸寬眉的頭髮。

像寬眉過去撫摸她那樣。

「未來，妳會嫁到好人家的。」寬眉說。

「未來的事情我不知道，不過阿姊妳，」青說，「妳是這世間第一個對我好的人。這件事情我知道。」

六

如果青生在臺中六房，如果青生在鹿港黃家，那會是什麼樣子？

如果青過繼給大房、二房，如果青不是住在竹林邊外護龍的三房，那會是什麼樣子？

寬眉心內從來沒有這樣多的困惑。

如果青的阿爸沒有早亡，那會是什麼樣子？

會不會青可以讀書，可以吃好的，可以過好的？

如果，寬眉想，如果我可以讓青讀書，可以讓青吃好的過好的……

寬眉深陷困惑。

那困惑就像是，是什麼讓南投堡是這樣的南投堡，是什麼讓臺北廳是那樣的臺北廳？就像是，寬眉想，為什麼有的人生成那樣的內地人，有的人生成這樣的本島人呢？

寬眉沒有答案。

如果，寬眉心想如果青是我的妹妹，那會是多好的事情啊？

七

春天進入夏天，是眨眼間的事情。

忽然天氣就熱起來，泥土地蒸騰，日頭下石頭會燙腳。

奶母說，也應該回去鹿港嘍。

「小姐今年要做十六歲，還是早日回厝裡準備七月七，要拜七娘媽。」奶母說。

奶母是鹿港黃家的使用人，待寬眉與兄弟全部離乳以後，專門照顧唯一的女孩寬眉。

寬眉不說話。

「愛講玩笑，敢講小姐要在南投找夫婿？」奶母說。

「不是還有一個月嗎？」寬眉說。

寬眉留戀南投，留戀那個小小的女孩青。

女孩子做十六歲，得先回阿母娘家。

青不說話。

溪流邊寬眉坐在青身旁，看著青的側臉。

青看著溪流水面。

「我會回來看妳。」寬眉說。

可是青不說話。

「我買鉤子回來給妳。」寬眉說。

青沒辦法說話，牙齒咬著牙齒，沒有聲音的流眼淚。

寬眉不說話。

嵌螺鈿的黑檀木八仙桌，桌面散落紅紙特別刺目。

做十六歲的熱天已經過去。

大姑娘了，小姐生得真好。帶來紅紙的媒婆說。

哪裡，今年才做十六歲。阿母說。

不過我們小姐真的生得好看，頭腦又真好。奶母說。

這施家的少爺，讀日本書的。媒婆說。

我們小姐的外祖，那是鹿港進士黃家的後人……。奶母說。

唉，如今畢竟是日本人的時代了。阿母說。

看看這許家少爺也真好，讀日本書以前進過書房的。媒婆說。

許家少爺生做什麼模樣？奶母說。

那是一表人才哦！媒婆說。

外表好講，年歲不要太大，我們十八歲才要嫁。阿母說。

這當然，千金小姐準備嫁妝也要一冬，就是先參詳。媒婆說。

寬眉不說話。

小姐真恬靜。媒婆說。
古早哪有讓女孩子聽這款事情的。阿母說。
時代不同了。奶母說。
真實的，時代真正不同了。媒婆說。

寬眉不說話。
時代真正不同了。
漳州人牛運堀張家的阿爸，可以跟泉州人鹿港黃家的阿母成婚。
漳人和泉人流血爭地盤的時代過去了，現在是日本帝國的時代。
縱貫鐵路貫穿島嶼的，女子解開小腳讀書的時代。
是文明的進步的時代啊！
可是青說，時代不同，猶原是有錢人才可以讀書。
如果施家的許家的少爺，不是生在施家許家，那會是什麼樣子？
如果他們生在張家大厝最外邊的外護龍，會是什麼樣子？
如果他們要為了吃飽，整天想著做工，會是什麼樣子？

「等講親了後，作夥去南投新厝看看。」阿母說。

「可惜小姐的孩子伴不住那裡了。」奶母說。

「就是妳先前講的，會釣魚的，給人買去城裡那個。」阿母說。

「對，夫人記性真好。」奶母說。

「不是記性好，寬眉教人家講國語的，不就只有那一個嗎？」阿母說。

「對，對，小姐教那幾句國語多標準，人聽著都喜歡。」奶母說。

寬眉沒有辦法說話，牙齒咬著牙齒。

那個夏天，青的阿母把青賣人。

說是賣到大城的藝旦間。

轉述這件事的奶母那時笑說，十歲是年歲有點大了，好在人不棄嫌，褒她國語講得真好，這樣講起來，小姐妳是那孩子人的貴人呢。

送到藝旦間，是什麼意思？寬眉問。

藝旦啊，自小要學習唱曲，學詩文和琵琶，以後在酒樓和藝旦間表演，也會上戲臺演戲啊。奶母說。

講國語那件事情又是怎麼樣……。寬眉說。

時代不同了，藝旦也要學國語嘍。乳母說。

好，這樣也好，有飯吃，能讀書了。寬眉說。

寬眉想，也許，總有一天青可以搭火車，去看大海。

也許青賺錢，可以買鐵做的釣鉤，可以吃牛肉。

可是深夜的柔軟被褥裡面，寬眉閉起眼睛，總會彷彿看見青。青的眼睛裡有光。

比月光皎潔，比日頭照在水面波光還要閃耀的光。

八

——來吃飯。

——牛肉飯。

——海。

——去看海。

寬眉買到一個漂亮的鉤子。

灰銀色的，鐵做的釣魚鉤子，日頭底下熠熠生光。

最早先是問奶母，可以託那拉雜細車的，買一個好的鉤子嗎？

奶母說那孩子人不在牛運堀了啊。

寬眉執意要買。

趁著雜細車拉進黃家的前埕，寬眉混在使用人裡面去問那拉雜細車的，可以託你買一個釣魚的鉤子嗎？

「魚鉤貴森森，不如買這個水粉，坐日本大船來的，妳生作標致，擦這水粉多好。」那拉雜細車的說。

那時候使用人們才發現寬眉。

回頭寬眉就受禁足，久久不能出二門。

奶母說，小姐真想要那鉤子，做什麼用啊。

寬眉說，只是買做紀念。

奶母就搖搖頭。

——釣。

——釣鉤。

——今天，不去釣魚嗎？

寬眉跟阿母、奶母和使用人們去小住幾日那南投牛運堀的新厝。

早晨天光，寬眉就去溪流邊，去走那片竹林。

寬眉想像青讀書、吃飯、長頭髮紮成辮子的模樣。

來來回回走在那竹林與溪流的時候，寬眉手指頭捏著那支鐵做的釣鉤，把小小的冰冷的鉤子捏得溫熱，有時錯覺那鉤子柔軟下來。

強風吹拂的時候，竹管和竹管碰撞有聲。

深秋的風吹來有寒意，日光穿透竹葉縫隙像碎玉搖曳落下。

——光。

——溫柔的光。

——妳眼睛裡的光。

阿姊妳。青說。

寬眉彷彿聽見那樣的聲音。

青說，妳是這世間第一個對我好的人。

寬眉眼睛裡面瀰漫水霧，看出去竹林有白色泡沫如花綻放。

流淚沒有用，寬眉不流淚，只是看見眼前有花綻放。

那像是溪流水道裡白色的泡沫。

像是竹子開出串串的白花。

竹子開花，花開後死。

有風穿過寬眉的胸膛，咻咻作響，那是花開有聲，是神明的細語，比風聲，比鳥嗚，比竹管碰撞的聲音還要明晰。

寬眉想，青可以吃好的過好的，可以搭火車、看大海吧。

可是，青會為此歡喜嗎？青還能夠去釣魚嗎？

那個青，會再那樣笑起來，眼睛裡有光嗎？

竹子開花，花開後死，會帶走活人的性命。

寬眉就每天看見一次淚光裡竹子串串開花，像是每天死過一次。

木棉

春子夫人想著她應該自己去買花。

那個時候，張家的老使用人正將晚飯前的熱茶送到春子夫人手邊，而且發出了小小的驚歎。

「這一天可是有什麼好事情？」

「為什麼這麼問呢？」

「大夫人滿臉笑容，一定有什麼好事情。」

對於老使用人花婆的冒失，春子夫人微微點頭說，「通往南洋的貨船總算可以啟航了，不是值得開心的事情嗎？」隨後從桃花心木的書桌上端起熱茶小口啜飲，一眼也再沒有看向花婆，任由老使用人在旁迭聲讚歎皇軍每戰必捷、天佑皇國。

那個時候是昭和十七年，舊曆年穀雨節氣剛剛過去，暮春的落日將書房染成茜草色，春子夫人心頭掛著明天日頭升起要前往艋舺龍山寺的念頭。

如果不是懷抱著這個念頭，春子夫人或許不會在夢裡嗅聞得白花茉莉的香氣。

那個深夜，春子夫人將張家內外事務料理完畢，兒女以及丈夫的妾室依照規矩先後過來問安，最後是家裡的使用人們，並且為春子夫人熄去了書房的牛奶玻璃燈。

同樣的黑暗夜色裡，春子夫人陷入柔軟的床鋪與蕾絲刺繡的羽毛被。丈夫遠赴內地並不是春子夫人獨睡的理由，三年前張家迎接妾室入門，彼時春子夫人和丈夫分房的日子便已經數不清了。夫人與妾室初見，春子夫人只有交付一件事，「其他都不必理會，唯有請您好好的陪伴老爺。」為此妾室那張年輕的臉龐飛起紅雲，將頭低在胸口。

妾室慧珠出身良好，擁有寄予雙親心願的好聽名字，是第三高女的卒業生，女學生時代曾隨父親前來張家作客，兩條髮辮垂在胸前。相比慧珠入門後剪燙為摩登的短髮，春子夫人反而欣賞慧珠女學生時代的清純模樣，畢竟那兩條髮辮不是可愛多了嘛。

春子夫人睡裡夢裡，彷彿看見第三高女的音樂教室，坐在鋼琴前演奏的少女綁著一樣的兩條髮辮，靠近時有白花茉莉的香氣。髮辮少女從鋼琴裡抬起頭來，嘴角邊泛起調皮的微笑。

「春子同學有沒有想過，木棉的花聞起來是什麼味道？」

春子夫人心想，見到這個人的笑臉，真不知道隔了多久時日呢。

一

說來那是春子夫人女學生時代的事情。

不會記錯，那一年是大正十二年，西洋曆法等於是一九二三年。前一年入學之際，正值田健治郎總督頒布施行第二次臺灣教育令，推動日臺共學，女學校便從「臺灣公立臺北女子高等普通學校」更名「臺北州立臺北第三高等女學校」，修業年限自三年延為四年。無論是臺北女高，或者臺北第三高女，無論是大正十二年或者西曆一九二三年，時年十七歲的春子可以確知的，只有那是個世界齒輪正在急速轉動的大正時代。

春子也果斷搭乘上自由民主之風，孤身遠從臺中州烏日庄奔赴臺北州臺北城。臺北的同學有人取笑說烏日庄是多麼偏僻的鄉下，意想不到居然也有公學校的卒業生呢！其實春子出身縱貫鐵路臺中線王田車站一帶，是那裡世居的楊氏望族之後。楊氏家族及早響應女性放足，走在潮流的前端，才會孕育這樣的春子。

每到長假，春子褪下別有校徽的制服，換一襲英國洋裝，頭戴綴有緞帶的麥桿女帽，連鮑伯式的短髮也比女學校的許多同學更像都市少女。躍身馳往臺中州的蒸汽火車，透過車窗看見早晨薄霧籠罩山巒與河川，正午驕陽照亮水田與香蕉園，以及間或閃逝的城鎮景色，春子不覺凝望陶醉。世間萬物如同蒸汽火車全速前進，臺北車站與臺中車站只有三個半鐘頭的距離，不由得深感誕生在大正時代是多麼的幸福啊。

由於春子自得其樂的養晦性格，直到一年級即將結束的第三學期，學寮寮友與同班同學都僅有泛泛之交，既沒有交惡的對象，也沒有篤厚的摯友。要說到春子曾經多瞧一眼的人，只有弓道課射箭永遠脫靶，卻在弓道老師面前也不改笑臉的明霞同學。因為那位笨拙的人，音樂課裡竟然能夠使用同樣的那雙手演奏美妙的鋼琴樂曲。

內地人稱為春彼岸的春分時節，以春季皇靈祭之名舉國休假。隨後，學生們也即將進入晉級之間的春假。放假之前，一年級的學生們在教師帶領下仔細清潔校舍，長長的走廊上明霞同學攀談：「聽說春子同學是臺中州人士？」春子淡淡回應說是。「什麼時間啟程返回家鄉呢？」明霞同學追問著。春子疑惑說：「明霞同學問這些要做什麼呢？」對方笑起來，眼睛裡有光芒熠熠：「回家的那一天，請讓我為春子同學送行吧！」

春子以為那是玩笑話，清晨的學寮寮庭外頭卻等候著明霞同學家裡的黑色轎車，一路將她送到臺北車站。離別的時候，明霞同學將白花茉莉簪在春子的帽緣，笑說：「未來的日子裡，如果短暫的假期無處可去，春子同學不妨到我家走走。」

這又是不是玩笑話呢？白花茉莉的香氣鑽入春子的肺腑，一時間無法回應。就是那個時候，明霞同學好像同時心有所感，緊接著說了這樣的話：

「啊，春子同學有沒有想過，木棉的花聞起來是什麼味道？」

春子沒有想過這種事情。

所謂的木棉，樹幹筆直，比臺北城最高的洋樓都要來得挺拔，烽火色彩的花朵早春綻放，盛放極致以後花朵連著花萼墜落，在地面上發出果決的聲響。由於是熱帶樹種，內地人或許因為欣賞那獨特的身姿而讚歎，可是習以為常的本島人春子，倘若沒有明霞同學這個奇怪的問題，連木棉在臺中州生長得比臺北城更加繁茂紅豔的這件事也不會覺察。

什麼樣的人會去嗅聞木棉的花呢？這個小小的疑問像是木棉的花從枝頭墜落，在春子心底發出聲響。

一年級升上二年級的短暫春假結束，春子看見明霞同學等候在學寮寮庭門口，竟然毫不意外。

「如果明霞同學沒有出現，這個就不知道怎麼處理才好了。」

春子從藍染印花束口手袋裡取出橙紅的木棉花。特意在早晨撿選形狀完好、擦拭花瓣上的露水與泥土，像是珍藏寶物那樣一路隨著蒸汽火車抵達臺北城的木棉花，如果沒有可以收下它的人，春子也只能將花朵跟情意一併丟棄。

可是明霞同學等候在寮庭，微笑收下花朵。

「下次讓我送花給春子同學吧，山茶花如何？」

春子說好。

明霞同學追著話說：「山茶跟木棉的花都是整朵落下，是斷頭花呢，那樣毫無迷惘的姿態不是很美麗嗎？」

春子這個時候才笑起來，覺得眼前這個少女是個多麼奇怪的人啊。

二年級第一個學期，至關重要的大事只有一件，就是攝政宮裕仁皇太子行啟臺灣。四月中旬到下旬期間，第三高女是皇太子巡視本島的其中一個地點。校園浮動嚴肅與亢奮交錯的氣氛，修身課的教師毫不厭倦地叮嚀制服必須維持整潔，長髮紮辮絕對不可凌亂，務必擦拭皮鞋上的塵埃，奉迎前兩日的飲食避免葷腥……。儘管做到這種地步，春子聽說皇太子來訪第三高女，不過一刻鐘到兩刻鐘左右，換作國際時間量度單位，是十五分鐘到三十分鐘的短暫時間罷了。

短暫的時間裡，學校安排學生演奏鋼琴。雖說風琴是必修的藝能，可是能夠進階彈奏鋼琴的是更優秀的少數同學，音樂課教師再三討論、費盡心力才選出一年級的廖學妹和二年級的明霞同學。詳盡的說，廖學妹入學不久，安排為候補人選，脫穎的正選是明霞同學。

「如果沒有指定曲，真想演奏貝多芬或蕭邦。」明霞同學私下說著這種孩子氣的話，春子回應以相符的笑語：「可是我喜歡巴哈。」明霞同學把臉皺起來說：「我最討厭巴哈，演奏那樣單調的曲子太痛苦了。」

說話間，明霞同學伸出雙手，輕快地在空中彈奏無形的琴鍵。春子微笑凝望著明霞同學的手指。

皇太子行啟第三高女的行程敲定在四月二十六日下午。這個消息傳來，即使是自制優雅的第三高女學生們也無法按捺躁動之情，每到校工搖起下課鈴聲，便群聚談論奉迎的細節，好像早一秒鐘也好那樣的亟欲親眼一睹皇太子的風采。

春子正是在那天放學返回學寮的路上，從寮友們的耳語裡聽見明霞同學手指扭傷、不得不退出奉迎行列的消息。

「如此一來演奏者就是廖學妹了」、「那廖學妹歡喜得哭了呢」，寮友們這麼說著：「那麼另外一位，那位張同學想必很傷心吧。」

那個時候，連春子也沒有立刻覺知自己內心的感受，回過神來已經脫離寮友們的行列，返身回到上課的校舍。明霞同學居住在永樂町，由於學校規定不許搭乘交通工具，只能每天步行上學，放學後總會早早回家。站在無人的長廊上，春子不禁自問，是什麼樣的衝動讓她喪失思考能力，連這種事情都拋到腦後？

答案尚未釐清，隱隱有鋼琴樂聲傳來，猶如神祕的召喚。

春子屏息聆聽，輕易辨識曲目是巴哈十二平均律曲集C大調前奏曲的第一首。那是音樂課教師作為教材，教導修課學生聆聽音樂旋律的學習曲目。真正能夠演奏並且一個音符也不出錯的人，春子認識的只有一個。

抵達音樂教室並且越過格子窗戶看進去，坐在平型三腳演奏鋼琴前面、閉著眼睛也毫不費勁的彈奏者，果然是明霞同學。春子站在門後，由於紊亂衝突的內心而無法動彈。簡直是諷刺春子沒有辦法移動的雙腳，門裡那一端的鋼琴音符銜接音符，有如流水清澈而明快，有如珠玉落地，一個一個敲在春子的胸坎。

這種時候完美地演奏著「最討厭的巴哈」的樂曲，究竟要質問哪一點才好？如果進去揭穿謊言，明霞同學是不是會像射箭脫靶也不以為羞恥，露出那頑皮的笑容？春子無從知道答案，或者毋寧說是害怕明霞同學的答案，從而深感遭受朋友的背叛。啊，因為皇太子親臨而怯場，因為怯場而說謊的明霞同學，怎麼可以繼續與之為伍呢！

短曲走到尾聲而琴聲歇止的時候，春子從那裡逃走了。

二

皇太子行啟前夕，臺北城內城外都充滿奇妙的活力，這一瞬熱鬧，下一瞬肅穆。即使無從得知其他城市的樣貌，春子也能想像，那就像是整座臺灣島嶼都長著跳蚤，為求搔癢而手舞足蹈。

這種輕慢的話語不可能對任何人說出口吧。春子心想，而且長了跳蚤的人其實是自己也說不定。每當看見明霞同學，就會渾身不自在而轉頭迴避，任由明霞同學從後喊著「春子同學」。

看不見的跳蚤嚙咬著春子。

國語課的教師說了這樣的事，皇太子行啟期間，總督官邸搖身一變成為御泊所，可以說是得償所願吧！因為今上天皇登基後改建的當今臺灣總督官邸，最初便是希冀用以奉迎皇室成員，才會有這樣繁複華麗的巴洛克樣式。同學們興起相互壯膽的念頭，放學後眾人攜手前往一窺堂奧……，話雖如此，實際上不可能進入參觀，不過是到官邸外圍的草坪散步，藉此看看氣勢恢弘的總督官邸。

從第三高女出發，進入臺北城，到達總督官邸大約是二十町的路程，等於是萬國公制的兩公里左右。無論是二十町或者兩公里，春子深切知道的只有自己遭受無形跳蚤所苦的心情。由於結伴同行而無從迴避，春子與明霞同學並著肩膀走了誰也沒有說話的二十町。

那是對春子來說無比漫長的二十町。前一個片刻想著，如果明霞同學開口說「請寬恕我的懦弱」，坦率地承認錯誤，那麼就原諒她吧。這一個片刻又想著，不知名譽為何物的明霞同學，即便此時懺悔，如何確保不是敷衍呢？片刻與片刻的夾縫之中，春子心裡閃逝著碎如星光的罪惡感，如果明霞同學有她的苦衷，獲得這樣的對待豈不是太可憐了嗎？可是那樣精湛的演奏，又怎麼會是手指受傷的人所為？

終於皮鞋踩上總督官邸庭院柔軟的草皮，同學們的細語如林葉風動嘩嘩，說著如果能看看裡頭的水晶吊燈該有多好，那裡的窗簾是不是蕾絲織品呀。

「春子同學討厭我嗎？」

在那些細語裡只有明霞同學的聲音像是霹靂一樣清晰，春子不禁看向身側的明霞同學。

「可是我做錯了什麼嗎？」

「居然說出這種話，真是令人難以置信。」

「咦？我完全不明白春子同學的意思。」

明霞同學面露困惑，顯出無辜的模樣。

這是春子未曾想像過的反應，可是即使如此，春子也不願意因此當眾拆穿朋友的謊言，只好抿直嘴唇什麼也不說了。明霞同學卻收起平常的笑臉，豎著眉毛執意追問：

「一個字也好，請您告訴我吧。」

兩人的小小紛爭引起周邊同學的留意，終於春子不得不對同學們頷首行禮，提早離開現場。

「楊春泥！」明霞同學發出一聲高喊。

春子嚇怔了，旁邊的同學們全部安靜下來。

那是春子的本名。對任何人來說，這樣連名帶姓、未加敬稱的呼喊，都是無禮的冒犯。這一聲喊叫，好像突如其來的大雨打落花朵，將眾人的興致全部澆慪，甚至引起巡邏總督官邸周邊的警手關注的眺望，女同學們只好倉皇地原地解散了。

可是，春子沒有擺脫明霞同學。

疾走不出一町，春子在穿越新公園的路途上，遭到明霞同學的攔截。

「明霞同學太輕率了，那種唐突的行為會造成大家的困擾。」

「如果不這麼做，您不會跟我說話的吧？」

明霞同學以明亮的眼睛注視春子，那份執意讓春子軟化了。

「好吧，請問明霞同學為什麼拒絕奉迎演奏？」

「什麼？只是因為這件事嗎？」

「請不要如此輕佻，臨陣脫逃應該是皇國女子深感可恥的事情。」

「並不是臨陣脫逃呀！那位廖學妹成為候補以後，據說家人想要從臺南州入城來看看她演奏呢。我家裡的人還不知道，所以沒有關係。而且如果想要彈琴，我在家就能每天彈奏鋼琴了。」
明霞同學語帶輕鬆地說了這樣的話，春子卻沒有折服於這份捨己為人的高貴情操。
「這種同情對廖學妹來說，難道不是一種侮辱嗎？擅自推卻師長交付的責任與榮譽，不是看輕師長的託付嗎？」春子直言說道，斷然地指出錯誤。
明霞同學受到嚴厲的批評而無法言語，最後垂下頭顱，任由兩條髮辮輕輕晃蕩。可是，春子伸手握起了明霞同學的雙手。
「明霞同學應該不知道吧，正是您令人欽佩的寬闊心胸，辜負了像我這樣忠誠的聽眾。現在回想起來，儘管您說家裡可以盡情彈琴，那天卻在音樂教室彈奏最討厭的巴哈不是嗎？如果不知道原由，豈不是沒有任何人可以理解您苦悶的心情了？」
春子這番表達同情的話語，令明霞同學握緊了兩人交錯的雙手，從陰影裡抬起來的臉龐綻放出真摯的光彩。
「啊，真不知道怎麼表達我內心的感謝。畢竟做出那種決定以後，卻覺得很不甘心呢！可是春子同學一番話就將我的苦惱一掃而空了。」
「什麼嘛，真是傻瓜。」
「可是現在這樣也很好喔，仰賴這份苦悶的心情，我第一次覺得巴哈也不是那麼令人討厭了呢。」

說出這樣的話的明霞同學，嘴角邊泛起了可愛的微笑。

就是那個時候，春子彷彿聞到花的香氣。

不是木棉的花，而是白花茉莉的香氣。因為那樣的花香，堵在春子胸坎裡的隔閡，宛如受到春天溫暖氣息所融化的山頭積雪，一點不剩的消失了。

三

「我們家的田嗎？大約是從那棵老茄苳開始，一直到大肚山的南面。」

「有這麼遼闊呀！」

「並沒有您想像中那樣遼闊，家裡帳上寫著大約五十甲，等於是四十八公頃左右吧。明霞同學家裡的茶園，不是應該比這裡還要遼闊嗎？」

「我們家的茶園，一半都是內地人中村先生的。我沒有看著茶園長大，可是這些水田是陪伴春子同學成長的景色吧，想到這裡，就覺得眼前的一切是多麼親切可愛啊……」

明霞同學的聲音充滿感情，春子也不覺面露微笑。

早春清晨的水田有薄薄的青色霧靄，一路延伸到山巒的下方。田裡佃農的孩子們輪流踏著水車，遠遠地傳來笑聲。水圳邊莿桐的紅花和苦楝的紫花，正在吐露小巧的花蕊，而相思樹一片新綠。兩名少女繞著田地及水圳走長長的路，晨霧、流水、泥土、堆肥、水牛以及花樹的氣味，此時是無限溫柔的氣味。春子心想身邊的這個人是否感受到同樣的溫柔與幸福呢？

升上三年級的春假，明霞同學首次跟隨春子搭乘蒸汽火車，造訪臺中州的楊家三合院。楊家並不是派遣使用人，而是由使用人的頭領負責接待，以漆黑發亮的轎車載著春子與她珍視的朋友四處遊歷，到大肚山的高爾夫球場揮舞球桿，在山頭欣賞大肚溪奔流入海。山頭夕照，海水有粼粼波光，明霞同學說著在我們大稻埕可看不見這樣的美景呢，春子望著晚霞底下那張紅彤彤的臉龐，微笑說那得去大屯山吧，去觀音山呀。明霞同學就笑起來說我們一起去吧，眼睛裡盈滿光彩。

如同皇國正式推行萬國公制取代尺貫法的度量衡新制，這個世界全速走在改頭換面的路徑上。春子的家庭，明霞同學的家庭，分別以各自的方法面對世界潮流。本島是有這樣的說法，北部之茶，中部之米，南部之蔗，確實臺中州的楊家除了幾甲的山林地，土地之上多是稻田，而臺北州的張家在坪林山地擁有廣袤的茶園。農業的臺灣，工業的日本，也有這樣的說法，鄉紳楊家不甘停留在守護土地、出租佃農的舊慣，而是投注資金開設精米所，茶商張家也是拚命拓展事業版圖，意圖將更多的茶葉銷往南洋，想方設法跟隨國際的新的浪潮。

這個世界的許多國家，如同齒輪共構而全力奔馳的龐大機器，沒有一天停止運轉。春子像是喜歡蒸汽火車那樣喜歡著這個世界，可是有的時候也會感覺相比繁華的臺北城，質樸的烏日庄不是同樣美好動人的嗎？

瀰漫水田的霧靄在太陽升起以後悄悄散去，春子與明霞同學依然併著肩膀緩慢走路。不只二十町，或許是四十町，或許六十町，那就是四公里或者六公里了。無論是哪個都好，春子胸口裡面充滿前所未有的甜美感觸，連本人都沒有覺察裡頭有個霧靄般飄渺的願望，期盼這條小路可以走到生命的盡頭。

上課期間的禮拜日休假，春子也造訪明霞同學的家。

楊家是赤紅磚砌的三合院，張家是灰白洗石子的洋式樓房。如同屋舍迥異那樣，明霞同學與春子的家庭樣貌截然不同。

春子成長在三代同堂的三合院，招贅的祖母膝下兩個兒子，長男就是春子的父親。春子是這個家庭的長孫女，祖母彼時疼愛地說如果只生有這個女孩，就讓她招個聰明英俊的夫婿好了。因為祖母的次男，也就是春子的叔父繼承祖父的姓氏，有朝一日會分家獨自生活的緣故，而且叔父也只有兩個女兒。

要是繼承家業，春子不會讓手足相親的父親與叔父分家生活，畢竟兩個堂妹也是她視為親生姊妹般可愛的妹妹。不過，春子五歲那一年，弟弟惠風作為這個家族的繼承人誕生了，是個如同名字一樣柔和善良的男孩。春子入學前，母親又誕下妹妹雪泥，作為老來女而帶來歡笑，春子喜悅楊家的和美，不能繼承家業也毫無芥蒂。

明霞同學家是另外一種景象，所謂的商家氣概大約都像這樣朝氣勃發的吧。明霞同學的父親早年隻身奔赴大稻埕，冒險投資而歷經財產暴起暴落的許多日子，直到獲得內地人中村先生青睞，合夥經營茶葉事業，開始過上安定的富戶生活，那時才從故鄉接來元配與獨子，洋樓落成的同時生下了獨女。兒子命名新朝，女兒命名明霞，令人深知張家老爺對新時代的厚望。依仗這樣的父親，明霞同學得以度過隨心所欲的少女生活，假日早早起床彈奏鋼琴擾人清夢，家人們只是揉著眼睛笑說彈得真好聽呀。

春子拜訪張家的許多個禮拜日，明霞同學央請兄長新朝先生撥冗陪伴，帶領她們前往圓山動物園、新公園和水源地，去張家的坪林茶園，去溪流邊釣魚，也每一次都請新朝先生以珍藏的美國柯達相機為她們拍攝寫真。大正十四年，升上四年級的那個春假，張家買入一輛哈雷摩托車，明霞同學迫不及待邀請春子到家裡試駕，像是這樣毫無保留地對待摯友，這份心意令春子深受感動。

也是那個春假，春子與明霞同學特意入城，如同其他富有的少女友伴那樣，為了留下紀念而到寫真館拍攝相片。絲綢的洋裝、錦織的和服、棉布的臺灣衫、人造絲的水手服，衣服一件換過一件，緞帶、蝴蝶結和禮帽一樣換過一樣，寫場的燈光閃了又閃。

最後換上的是少年裝束，鴨舌帽、小領結、黑色皮鞋和白色手套，明霞同學搶著在春子嘴唇上方畫出俏皮的仁丹翹鬍，春子攬鏡一看，咬著嘴唇笑起來，可是沒有來得及生氣，明霞同學執起春子的手，低聲的緩慢的說：「For many months I have considered her as one of the handsomest women of my acquaintance.」

因為說得那樣自然流暢，春子要經過幾秒鐘才反應過來，原來明霞同學說的並不是國語呀。又要經過幾秒，春子想通那句話的涵義而臉頰滾燙——這許多個月以來，我已經認定她是我所認識的、最美的一個女人——出自英國作家珍奧斯汀的小說《傲慢與偏見》，是男主角達西先生對女主角伊莉莎白小姐所做出的評價。

伊莉莎白小姐並沒有聽見達西先生的這番表白。如果當面聽見的話，春子想著伊莉莎白小姐是不是出現同我一樣的心情呢？只是達西先生不會像明霞同學一樣調皮吧！如果不是兩人都讀過英語版本的小說，這句對白就會變成純粹惹人害羞的惡作劇了。

「可是，不太對勁呢明霞，畫著鬍子的我應該是達西先生才對。」

「啊，哎呀，沒有關係的，春子是畫著假鬍子的伊莉莎白小姐，這樣就可以了。」

「那麼妳就是沒有鬍鬚的達西先生了是嗎？」

「那樣也沒關係的吧！」明霞同學大聲的說。

春子忍不住發出笑聲，明霞同學也隨之綻放笑臉。

寫真館的照相師傅似乎受到感染，笑著為春子與明霞同學拍下了兩人都畫有鬍鬚的相片。

四

「要是能夠一直這樣下去該有多好。」

聽見這句話的時候，春子還以為是自己脫口而出的心聲。

「春子卒業以後就會嫁人了吧？因為是那樣血脈深遠的龐大家族，其實在我不知道的地方，說不定有著春子的未婚夫呢。」

升上四年級的春假，也就是女學校最後的春假了。春子應邀留宿張家，春假尾聲的某個下午，明霞同學忽然說出這樣的話，流露孤獨的眼神。只有那個瞬間，春子生平第一次心想如果可以繼承家業就好了。

春子比明霞同學年長兩歲。本島人就讀的公學校的設立與普及，是近幾年來的事情，內地人就讀的小學校卒業生或許年齡相近，可是以本島人為招生對象的臺北女高、如今的第三高女，同班同學常見兩歲、三歲的差距。春子是明治四十年，明霞同學是明治四十二年出生，來年春天卒業的時候，春子就二十歲了。

儘管說是走在社會前端的女學校卒業生，命運也是不由人的。一般人家的女學校卒業生，可以投身會社事務員、速記員及打字員等等需要學歷的職業，也有人選擇繼續修業，成為公學校的教師，或者助產婦與看護婦。可是，即使明霞同學自我解嘲說是暴發戶的茶商家庭，父親也說寧願送到內地就讀音樂科、家政科打發結婚以前的少女時光，也不要女兒外出做工。春子那樣鄉紳之家的出身，除了結婚又有什麼道路呢？

那一天，春子與明霞同學肩膀並著肩膀，走了誰也沒有說話的，很長很遠的路。一間等於是一點八二公尺，一丈是三公尺，一町一百零九公尺，一里三千九百二十七公尺，從尺貫法到萬國公制，從本島到內地，從內地到世界，春子與明霞同學此刻心靈相通，想要與身邊這個人一同走到世界的盡頭。直到春子終於發出心聲：「要是能夠一直這樣下去，多好啊！」

啊，即使是飛馳的、自由的、民主的大正時代啊。

乍暖還寒的早春清晨，春子看見木棉的花烈烈如烽火。

那是春假的最後一日，張家洋樓的庭園裡頭，木棉的枝幹筆直無葉，花開絕豔，有紅融融的朝霞映照。花樹底下，明霞同學站在那裡。

春子走去為明霞同學披上斗篷的時候，明霞同學的頭髮沾滿點點露珠，眼睛閃動宛如露水的光芒，小聲說著前夜夢裡媽祖娘娘應允，如果接到未落土地的木棉的花朵，心底的願望就能夠實現。

那個願望是什麼呢？春子沒有追問，明霞同學也沒有吐露。

落在地面上的無數木棉花，花朵丹紅宛如鮮血。

五

大正十四年冬天，張家求親楊家，楊家接受婚約。

大正十五年春天，春子卒業返家，冬至前夕出嫁張家。

同年十二月二十五日，今上天皇崩逝，裕仁皇太子繼位，改元昭和。

昭和二年春天，明霞匆促遠嫁東京中村家。

六

「春泥這個名字，是取自漢詩文對嗎？楊家的孩子都是這樣命名的嗎？」

春子夫人想著，是有過這樣的事情沒錯。

是日也，天朗氣清，惠風和暢。這是弟弟惠風。

人生到處知何似，恰似飛鴻踏雪泥。這是妹妹雪泥。

落紅不是無情物，化作春泥更護花。這是春子夫人名字的由來。

「落的是什麼樣的花呢？」

那時候明霞小姐的嘴角泛起微笑說，一定是木棉的花吧。

並蒂花落，毫無迷惘，那樣美麗的斷頭花。

春子夫人心想，已經多久沒有看見這個人的笑臉了？

幽幽的夢裡睡裡，青白色的霧靄裡有血一樣紅的木棉的花。

那是早春的清晨，明霞小姐站立花樹底下，有花朵從枝頭輕輕墜落，在那雙漂亮的手掌裡發出小小的柔軟的聲響。

七

春子夫人是微笑醒來的。

老使用人花婆端來早飯前的熱茶。響應戰爭節約，春子夫人早將家裡上下慣喝的包種茶改成香片茶。春子夫人從桃花心木的書桌上端起熱茶小口啜飲，滿室洋溢著白花茉莉的清香氣味。「今年新開的木棉花拿來製成花茶好了。」春子夫人說。花婆笑著回應說以前的明霞小姐也做過木棉的花茶呢。

「大夫人今天也是好心情呀。」

「是嘛。」

春子夫人想著今年的木棉的花，是不是也花開如焰呢，那會像是四年前松山大空襲的砲彈嗎？

說起一開始，只是報紙上刊載的新聞罷了，昭和十二年，也就是西曆一九三七年，油墨鉛字印刷著「北支事變」的字眼，接著是數不清的「南京攻略戰」。皇國的軍隊在支那屢獲戰功，年底攻陷支那南京城。要到昭和十三年，傳來露西亞蘇聯與支那中華民國的軍隊飛行機空襲松山飛行基地的消息，春子夫人以及臺北城內城外的人們才似乎聽見戰爭的腳步聲。

在那之後，戰爭的砲火像是春花一樣滿山遍野地盛開了。昭和十六年底，報紙披露皇軍的「真珠灣攻擊」、「夏威夷海戰」，高呼是皇國在太平洋戰爭的重大勝利。昭和十七年暮春，舊曆年穀雨節氣的前夕，美利堅合眾國做出強硬的復仇回擊，轟炸機的空襲炸彈落在東京、橫濱與神戶。皇國本土首次遭受戰火侵犯，況且是帝都東京，連本島的報紙、雜誌也談論不休。

內地或者本島的人們都像是發狂了一樣，如同身軀爬滿跳蚤那樣手舞足蹈。春子夫人想著這種話可沒有辦法對任何人說出口啊。皇國所引發的戰鬥，以及作為敵人的美利堅合眾國、俄羅斯與中華民國的軍隊，渾身跳蚤的男人們相互跳著華爾滋或探戈的社交舞，看起來豈不是非常愚蠢嗎？

可是，怎麼能夠不對他們心懷感激呢？

那天早晨喝過熱茶，春子夫人坐在鋼琴前，一遍一遍彈奏著巴哈的十二平均律前奏曲第一首，驚起兒女與丈夫的妾室也不以為意，心裡想著早飯後就去買花吧，要到艋舺龍山寺跪拜媽祖娘娘，訴說內心對戰爭的感謝之情。

明霞小姐與丈夫中村先生住在東京郊區、有著三角屋頂的小洋房，地點遙遠而未蒙空襲損害，中村先生作為溫柔的丈夫，日前請求張家接受明霞小姐攜孩子避難。春子夫人的丈夫當年親自送親，如今也花費心思安排前往內地。就是前一天的傍晚，春子夫人接獲遠從內地搖來的電話，話筒那一端有明霞小姐微笑說話的聲音。

「今年木棉的花，開得怎麼樣呢？」

合歡

春天的風是這樣強勁的嗎？

這樣的念頭，從少女的心頭閃逝而過。

那個時候白色洋樓後庭園的花樹枝條搖盪，湧現海浪一樣的聲響。啊，春天的風啊。少女呼喚為「老師」的那個人站在前方，整齊挽起的髮髻，有細細的碎髮在風裡翻飛。凝望著老師纖細的身姿，少女胸口刺痛，連自己也莫名所以。

——這樣也沒有關係吧？

少女想要這樣對老師發出呼喊。可是風吹合歡，颯颯如浪，浪聲淹沒洋樓和庭園，淹沒了少女與老師。

——老師，是愛得太深了，才會痛苦啊！所以這樣也沒有關係吧？

在那強勁的風裡，少女想要呼喊卻動彈不得，滿腹的話語，直到最後都沒有說出口。

一

「老師」是少女吳翠的鋼琴家庭教師。

此前少女有過另外兩位鋼琴家庭教師，可是說到「老師」（SENSEI），吳家上下都深明家裡的慝小姐所指的是哪一位。慝小姐吳翠自幼對音律有過人的敏銳感受，學齡前吳家為她尋了第一位鋼琴家庭教師，那是任教於竹園小學校的女教師宮田佐惠子。接著有第二位，任教於臺南高等女學校的女教師白石章子。學琴的時候，她同樣稱呼為老師，然而家庭教師一旦去職，很快便改口為「宮田夫人」、「白石夫人」。唯有「老師」，始終是「老師」。

女童吳翠，成長為少女吳翠。少女曾經想過，為什麼只有老師是「老師」？

不過少女沒有答案。

宮田夫人自吳家辭去家庭教師的職務，是在大正十二年。那一年，吳翠滿八足歲。宮田夫人是女童吳翠的鋼琴啟蒙教師，從最基礎的聽音學起，單音、雙音、和弦、雙和弦、短的旋律、長的旋律……。宮田夫人對女童說，音樂是一種遊戲哦，即使這個世界沒有人可以做朋友也無所謂，音樂永遠是最忠貞的朋友。那時，女童以大大的笑容回應宮田夫人。琴房裡師生兩人叮叮咚咚彈奏黑白琴鍵。宮田夫人是女童歡樂無憂的童年回憶。

大正十二年，那一年，女童以十個月的時間，完整彈奏了莫札特的《十九首鋼琴奏鳴曲》。鋼琴旁的宮田夫人微笑而眼角折出笑紋，嘆息說翠小姐呀，如果是我的話，沒有辦法帶領您到更遙遠的地方呢。彼時女童還沉浸在演奏的滿足感裡面，沒有深思宮田夫人話裡的意思。

不久以後的禮拜日，走進吳家鋼琴房裡的，換成了白石夫人。

白石夫人與宮田夫人是作風完全不同的兩個家庭教師。接任之初，新老師詢問年幼學生學琴以來彈奏過的曲目，學生一一細數，大半是難度不一的莫札特、蕭邦和貝多芬。新老師皺眉聽完，最後搖搖頭說那位宮田老師啊，怎麼是先教這個？我們還是按照順序來吧。在那之後的半年，女童練習許多基本曲目，再是中階曲目。白石夫人也有偏愛，像是海頓、舒曼、巴哈、克萊門蒂。

如果說宮田夫人偏愛莫札特，白石夫人肯定最喜歡巴哈。小小的吳翠對此沒有優劣評斷，因為她喜歡莫札特也喜歡巴哈，就像她喜歡宮田夫人也喜歡白石夫人。白石夫人視女童為成人的嚴肅態度，令她在驕傲與自信中成長。

女童一日一日抽長身高，體態浮現少女的曲線。十二歲的少女吳翠凝望晚霞，陷入連自己也無法理解的惆悵。

那一天，白石夫人讓少女彈奏史克里亞賓的《三首小品》。少女第一次彈奏史克里亞賓，儘管說是相當短小的曲子，以未曾聽聞曲目、首次視譜彈奏的曲子來說，實在是過於流暢順利了。白石夫人說，因為音樂是一種語言。少女望向白石夫人，心想這是不是自己第一次看見白石夫人眉頭的皺紋平展開來。白石夫人說，語言有一定的規律，音樂也有，因為翠小姐已經習得這個語言了，才可以迅速讀出作曲家想要說的那些話。

就是那天，嚴肅的教師白石夫人和少女一起沉默凝望晚霞。如火一樣的晚霞裡面，白石夫人終於問道，翠小姐想要學習更好的鋼琴嗎？

少女眼底照映燒紅的晚霞。

也許晚霞裡面有宮田夫人，有白石夫人。

之後的鋼琴課，來的就是「老師」。

二

「我也是MIDORI喔。」

少女吳翠還記得這是「老師」對她說的第一句話。

因為少女的臉蛋上流露困惑的表情，站在少女身前的那位年輕美婦人微笑起來，對少女輕輕地點頭。那優雅頷首的模樣，儼然是在上位者的姿態。後來少女知道了，那是「老師」的習慣動作，而「老師」是有條件習慣這種姿態的。

「翠小姐沒有從白石老師那裡聽說過我嗎？」

少女安靜了一下。短暫的安靜是在斟酌合乎禮節的答覆。

「真是的，有就有，沒有就沒有。」

「是的，對不起，白石夫人沒有跟我談論過您……。所以說，您是新的鋼琴老師嗎？」

「嗯，翠小姐是這樣稱呼白石老師的嗎？白石『夫人』（SAN）。」

「老師」沒有回應少女的提問，兀自丟出新的問題。

少女又安靜下來。

「是我失禮了也不一定，只是，白石夫人已經不是我的家庭教師了。」

「老師」以含笑的眼睛注視著少女說話，等她說完，就輕輕點頭。

「這樣嗎？我明白了。」

微笑說完這樣的話，「老師」褪下春天的短斗篷，連同軟帽和手提包放在一旁，慢條斯理地坐到鋼琴前面。鋼琴短促發出一串C大調音階，隨後「老師」側頭看了少女一眼。少女彷彿被冰雪所穿透，頓時全身僵硬。儘管只是一個眨眼的短暫瞬間，令人以為是錯覺，但那確實是銳利的冰冷的目光。

在少女尚未反應過來的時候，「老師」演奏了一個不到七分鐘的樂章。

那是七分鐘嗎?少女遭受冰凍而喪失時間感，連話都說不出來。

「老師」對呆愣的少女學生微微一笑。

「白石老師跟我是內地讀書時代的同學，但我是本島人，漢文名字是碧淵，身邊的人們都叫我碧（MIDORI）。翠小姐（MIDORI SAN）如果喜歡，我們可以互相稱呼對方為MIDORI喔，那樣想必很有趣的。只是啊，翠小姐知道嗎?擔任不擔任家庭教師，都用同樣的稱謂，我比較喜歡這樣。」

直到那個時候，少女才宛如整個冬季的寒雪融盡，在溫暖的春季裡甦醒。

「為什麼會這樣?鋼琴的聲音，不，是音樂，聽起來完全不一樣。明明是同樣的鋼琴、同樣的曲目，可是旋律那樣明亮、清晰，又那樣毫無干擾……」

少女內心幾乎浮現鋼琴在瞬間被人偷偷置換過的荒謬念頭。但那畢竟是絕無可能的，因而只能以問題作結：「對不起，我不明白，您為什麼會願意擔任我的家庭教師呢?」

「嗯，這句話是讚美的意思，對嗎?」

「……在聽過的音樂會裡面，沒有哪一位鋼琴家演奏得這麼好。」

「謝謝。真是太好了，翠小姐是跟我想像中一樣的人呢。正因為非常優秀，懷抱傲氣也是當然的，所以比起言語，直接演奏更能說服您吧。」

「您說傲氣？可是，我從來沒有看不起別人的意思。」

「傻瓜，這是稱讚您呢！」

「老師」說著，用那雙含笑的眼睛看著少女，輕輕點頭像是鼓勵少女做點什麼表示。少女默默回望那含笑的雙眼，在心裡把「碧夫人」（MIDORI SAN）和「老師」（SENSEI）各自唸過三遍。就是那個時候開始，少女叫「老師」為老師，而且隱約知道，此後這個人永遠是「老師」了。

為什麼只有老師永遠是「老師」，宮田夫人與白石夫人卻不是？這個問題，少女要到年紀更大更大一些方有領悟。在少女十二歲的那個當下，她卻單純只是覺得「老師」比「碧夫人」更適合坐在鋼琴前面的那個人。

三

有很長時間，少女疑惑老師為什麼來當她的鋼琴家庭教師。

這個疑惑並不只是因為老師的演奏能力。老師的夫家是經營洋品洋裝事業、住在赤崁樓北面的大宅院蔡家——不過，少女說的也並非老師是蔡家四房女主人的這件事——老師出身高雄州旗山郡的物產商王家，自幼隨舅父舅母到內地求學，八歲到二十歲的少女時代都在帝國的首都學習鋼琴，卒業以後赴歐洲短期遊歷，二十二歲返回本島。這是一個鋼琴家的求學歷程，而事實上，這位年輕的家庭教師也遠比本島任何鋼琴家來得優秀。即使是不涉世事的富家少女，也會不由得滿腹疑惑，心想這樣的人為什麼來當我的家庭教師呢？

關於老師的許多事情，少女是後來漸漸知曉的。

春天的軟帽、圓頂帽被夏天的麥桿帽、寬邊帽所取代，又被秋天的鐘形帽和冬天的貝雷帽所取代。吳翠記起來那是昭和二年冬天的事情。鋼琴課在禮拜日的早晨。那個禮拜日少女吳翠在吳家的客廳迎接，老師身著一襲羅紗布織的淺色斗篷，頭戴灰白色的貝雷帽，皮鞋喀喀地踩著日光走進來。在日光底下，老師白皙的臉頰有好看的粉紅色澤，少女像是第一次看見老師的眼睛，發現那是充滿光彩的琥珀色，竟然心頭怦然。

「老師看起來簡直跟女學生一樣。」

鋼琴房裡，少女坐在鋼琴前面終於開口這麼說。

而老師以一種並非受到冒犯的笑聲予以回應。

「翠小姐說什麼呢，幾年以前，我的確還是女學生呀。」

少女凝望老師的臉蛋片刻，宛如忖度師生兩人的年齡差距。

「幾年以前，那時老師讀的是哪個學校？」

「內地的學校。」

「內地的學校什麼的，難道是不值得一提的學校嗎？」

「錯了，正好相反。」

「那麼，是東京女子高等師範學校？」

「嗯，翠小姐知道白石老師的學校呢，可是猜錯了，我跟白石老師是女學校時代的同學。女學校卒業以後，我讀的是東京音樂學校。」

「您說的，是東京音樂學校嗎？那不是男人去讀的學校嗎？」

「真好，這個反應。」

老師有如享受什麼美妙的旋律一樣，眼睛含笑地對少女學生微微點頭。

「那並不是僅限男人去讀的學校，而是能進去讀書的女人太少了。」

少女將老師的這句話默誦兩遍。

「這樣的話，老師為什麼沒有成為鋼琴演奏家？」

「翠小姐認為，什麼樣的人可以成為鋼琴演奏家呢？」

少女被老師問住了，半晌才小聲回答說我不知道，而後看見老師笑起來，臉頰上浮現小小的窩洞。

「翠小姐有四名兄長，是吳家唯一的女孩，對嗎？您是聰明的孩子，想必感受到身為獨女的幸福了。我呢，在父親的家族也好，母親的家族也好，同一個輩分的三十七個孩子裡面，我是唯一的女孩，可以說是兩個家族的獨女喔，您可以想像這樣的孩子一出生就是備受寵愛的吧。家裡的人們，把整副心肝給了我一樣的疼愛我，為我準備最好的一切。我想要彈琴，家裡送我到內地定居、去歐洲遊學，我想要演奏，家人就在內地和本島都舉辦了音樂會呢。」

這樣說來，不是更令人困惑了嗎？

少女開口想說什麼，又合上嘴。老師注視著少女，像是鼓勵。少女搖搖頭沒說話。

「我做周歲的時候，家人為我種植了一株合歡樹。」

老師輕輕把話接回去。

「那是特意從外地買來的老樹。那株老合歡呢，是寄望我未來婚嫁圓滿的意思。後來我的丈夫，果然是全世界最好的丈夫。就像那株合歡樹一樣，我的丈夫是家人為我精心挑選的婚配對象。他是蔡家四房的少爺，四房原來是沒有後嗣的，我丈夫在四房老爺過身前夕，從二房過繼來接續四房香火。我嫁了他以後，四房沒有要服侍的公公婆婆，卻又有時時照看我的二房長輩呢。還有聯絡的幾個女學校同學，聽說了這樣的事情，都說我運氣真好，是老天對我特別看顧。翠小姐，您怎麼想呢？」

少女想了一下，還是搖頭。

老師便輕輕地頷首。

「說起我丈夫，也跟家世一樣無可挑剔，他在內地讀美術學校，喜歡西洋音樂和現代舞蹈，跟我興趣相符。相親是在家族長輩家裡的一場餐會，我們下跳棋，他故意輸給我一著。那樣溫柔的個性，結婚以後也沒有改變。大宅院裡的生活，難免要顧慮許多家人的心情，每當我想彈琴想得受不了，他會裝模作樣地說太想要跳舞了，請使用人幫他準備皮鞋，好讓我能夠盡情彈琴。因為是這樣的丈夫，我對於家族的安排，也沒有辦法說出怨言了，不是嗎？」

老師停下來，微笑看著少女。

少女想了又想，好像明白什麼，又好像不明白。

老師等待少女幾個四分音符長的時間，沒有等到她的回應，於是笑說來練琴吧！少女點點頭說好。

老師為什麼沒有成為鋼琴家，以及為什麼如今會屈就擔任少女的家庭教師，這些問題其實並沒有真正困擾少女吳翠。

少女吳翠的青春夢裡，經常出現老師第一次來到吳家琴房的情景。老師首次演奏時的那雙手，手指，那冰晶一樣的音色。那令人如遭冰凍，動彈不得的眼神。還有那時胸口裡因琴音而鼓脹奔騰的熱流。少女總會在夢裡吐出甜美的嘆息。老師是我的老師，是我永遠的老師，這樣就行了。

四

每位鋼琴家庭教師都有自己的上課習慣。宮田夫人沒有課表，總是彈奏幾個旋律問學生喜歡不喜歡，小小的學生點頭說喜歡的，就成為教學曲目。所以女童吳翠練彈許多莫札特的鋼琴奏鳴曲、蕭邦和德布西的練習曲，加上一些貝多芬，其他則很少。之後為此搖頭的白石夫人教導方針是令學生廣泛練習各種曲目，每個禮拜練習兩首到三首，通常跟前一個禮拜的重複，只有練得足夠好的一首會以新的曲目替代。白石夫人教導下的三年半期間，小小女學生練彈的曲目總數累計到達三百首。

老師不一樣。

是什麼不一樣？少女沒有辦法好好說明。宮田夫人和白石夫人也相當不同，可是老師就是「不一樣」。

第一次正式上課，老師說先彈兩首最喜歡的曲目給我聽吧。少女彈了莫札特和李斯特。老師聽完對少女微笑點頭說：「我們先從姿勢開始學起。」而後的每次上課，老師都要少女練習半個鐘點的音階與琶音。音階與琶音不是基礎技術嗎？少女這樣問，老師就會笑說是呀。可是，老師沒有解釋提問的意思。

老師也沒有額外分派功課，禮拜日的鋼琴課只是聆聽學生彈奏，偶爾提醒手指的移動和施力方法。每當少女流露不滿之情，老師便會彈奏一遍練習中的曲子。鋼琴回應老師，鳴響迴異的美妙聲音。老師投向少女學生的目光，彷彿在說這樣知道了嗎？

「為什麼會這樣？」

「翠小姐覺得是為什麼呢？」

少女努力分辨師生在彈奏技巧上的差異。在同一個旋律裡每一個音的音量重點、音量的比例、節奏的些微變化。老師一面傾聽，一面輕輕點頭。少女的彈奏迅速產生轉變。比起以往，手指輕盈，琴聲乾淨透明。

夏末的某一天傍晚驟雨突來，雨聲轟轟溷溷，如絲如瀑包裹吳家洋樓。忽然有鋼琴的聲音穿透出來，那樂音如曙光破曉，如月光穿透深邃的雲層。吳家上下受到琴音吸引，群聚琴房外邊沉靜聽完少女翠小姐的練習演奏。吳翠的母親，吳家夫人最後以讚歎的聲音說：「蔡夫人果然是名師。」

往後的一年，少女重新練過白石夫人教導的那些曲目。那段期間，老師日漸不再為少女學生示範彈奏。年輕老師坐在鋼琴邊的單人扶手西洋沙發，如同坐在音樂會的貴賓席，經常問起一些無關緊要的瑣事。「翠小姐近日有讀什麼有趣的書嗎？」、「女學校有弓道課，翠小姐升學以後可以去學習吧，您喜歡弓箭嗎？」或者是「吳家的月季花，今天開什麼顏色的花朵？」、「翠小姐最喜歡的花，是哪一種花？」

有的時候，會是令人不知道如何回答的問題：「彈珠汽水那種東西呀，喝起來不是很有趣嗎？奇怪的氣泡和甜味，也沒辦法說美味還是不美味，可以為它寫一個圓舞曲吧。翠小姐覺得呢？」

少女想了想。

「老師的意思，是要開始教我寫曲子了嗎？」

「沒有呀。」

「那麼，彈珠汽水跟鋼琴課有什麼關係嗎？」

學生一板一眼的問題，令老師微笑起來。

「不懂品味與享受，不懂得過生活的人，是沒有辦法理解鋼琴的。翠小姐必須多看看琴譜以外的東西才行呀。」

下一個禮拜日上課，老師帶來彈珠汽水，汽水倒在玻璃杯裡直冒泡泡，學生看著老師喝，老師看著學生喝。少女感覺肚子裡面有氣泡咕嚕，胸口也有。

「好喝嗎？」

「好喝。」

「前幾天呀，因為想拿出裡面的彈珠，手指卡在瓶口，結果不得不請丈夫幫忙打破玻璃瓶呢。」

「老師，那也太危險了！那是鋼琴家的手指啊！」

少女眼睛圓睜，直盯著老師的雙手，忍耐沒有過去仔細打量。對此老師只是側著頭發出笑聲。

「鋼琴家的手指並沒有那麼脆弱的。啊，不對，應該這麼說，如果是那樣脆弱的手指，乾脆不要當鋼琴家了吧！」

老師說出這話時的笑容，比冬季的晴朗天空還要令人心頭顫抖。

不過，正因為是會說出這種話的、丟棄常理的老師，所以也不會直言學生彈奏的好壞，讓少女在迷惑中吃足苦頭。「我今天彈得好嗎？」少女許多次想這樣問，總是問不出口。後來，她學會以老師的表情判斷自己的練習成果。儘管老師經常面帶微笑，她卻逐漸能分辨那笑容裡微毫的差異。如果老師的眼睛燦然發亮，少女也會為此感到熱淚盈眶。

師從老師第二年的整個春天，少女卻怎麼也沒辦法看見那雙發亮的眼睛，不禁深感沮喪，鼻子發酸。

初夏清風從鐵花窗外流湧進來的禮拜日早晨，窗邊花瓶裡的野薑花送來香氣，少女結束李斯特〈愛之夢〉第三號的彈奏，看見老師倚坐沙發，正在凝望風裡顫動的野薑花，彷彿對琴聲的歇止渾然未覺。她忍不住想哭，氣虛地對著連頭都不回的老師說：

「老師，彈琴原來是這麼痛苦的事情嗎？」

「妳覺得很痛苦嗎？」

「我第一次覺得鋼琴好難啊！」

少女差一點就要哭出來了。

老師轉頭過來看學生，用一種憐憫溫柔的眼神。

「明明是〈愛之夢〉的第三號喔，『愛吧，盡其所能的去愛』。我一直最喜歡翠小姐彈的李斯特了。」

「像這樣痛苦的〈愛之夢〉也可以嗎？」

「因為愛得太深了，才會痛苦啊。」

少女困惑不解，只能無助地注視老師。

老師笑了，對學生招手，她就過去。老師牽引少女坐到身邊，攤開她的手掌，輕輕捏按。少女驚嚇收手，老師鼻腔發出小小聲的笑，繼而對她輕輕點頭，像在鼓勵什麼。少女小心調整呼吸，把手心向上攤平，放到老師手掌裡面。我的手，還有老師的手。少女吳翠心想，那多像是老師接住了我啊。忽然間她全部踏實了，嘆息的同時眼淚掉下來。

流淚的時候，少女的胸口充滿溫暖的氣流，酸楚裡有甜蜜的滋味，有氣泡咕嚕，就像彈珠汽水。如果世間真的有一首彈珠汽水圓舞曲，當下的少女自信絕對能夠完美演繹。

「翠小姐的手，是可以成為鋼琴家的手喔。您比我預期的還要出色，即使是在本島這樣的音樂環境成長，也能做出這樣的演奏了。十三歲的我，可沒有辦法跟現在的您匹敵呢。」

「李斯特的〈愛之夢〉嗎？老師怎麼可能不會。」

「會彈喔，只是會彈而已。」

「我不明白。」

「我呀，年幼開始埋頭學琴，花費許多時間練習各種琴譜，即使是非常困難的樂曲也會彈奏，家人、朋友、老師，沒有人不稱讚我。我想彈琴，想要彈得更好，所以賣力練習，到了讀高等女學校，十五歲左右的時候手受傷了，有一整個學期沒辦法彈琴。在受傷以前，我也曾經發出同樣的感慨，『鋼琴，好困難啊！』這樣的悲鳴，是太心急了才會受傷吧。無法彈琴的一個學期，我每天都在痛苦的心情中度過，無法彈琴，也害怕彈琴。手傷痊癒以後，我探訪朋友和老師，去看他們的演奏，這樣足足又看了一個學期。『彈琴是這麼痛苦的事情嗎？』我也這樣想過。可是，懷抱著這樣的痛苦，相隔了半年多的日子我再次彈起鋼琴，演奏竟然比受傷之前還要更好……。不，重拾彈奏的初期當然並不順暢，可是旋律，還有感情，都比以前更好了。」

老師說著這樣的話，輕柔地揉按學生的手指。

少女始終沒有辦法停止流淚。

「音樂是一種語言。白石老師肯定這麼說過吧？她怎麼跟您說的？」

「是的，說是我已經習得這個語言了，所以可以讀懂作曲家的話語。」

「那麼翠小姐現在怎麼想這件事情呢？」

「……要理解另外一個人，好困難啊。」

「我是這麼想的，音樂不是語言，是靈魂。」

「……」

「所以，在音樂裡面我們會痛苦，是因為遇見靈魂的撞擊。翠小姐的痛苦，是因為您試圖用靈魂跟另外一個人的靈魂對話呀。」

老師的聲音含著笑意說：「翠小姐，請好好珍惜這份痛苦的感情吧，因為愛著鋼琴才痛苦的，您現在的鋼琴，已經是我重挫以後才能獲得的音色了喔。」

「我不明白，老師，愛原來是會讓人痛苦的事情嗎？您沒有想過要丟掉這個逃走嗎？」

「會想要逃走呀！不如說，我曾經逃走過呢。」

「可是現在的您，您的演奏是那麼美好。」

「逃走以後，最終還是要回來的。翠小姐未來或許也會領略這件事情吧。」

「是這樣嗎？老師說的逃走，又是什麼時候的事情？」

老師有短暫的沉默，鬆開了學生的手。少女側頭擦去眼淚，眼角餘光看見老師靜謐的凝視。那凝視讓她恍惚，讓她臉頰發熱、腦袋空白，所以彷彿過了許久，她才再次聽見老師說話。

「……音樂學校卒業以後，我在東京有一場音樂會。曲目是貝多芬《暴風雨》奏鳴曲的三個樂章，演奏非常好，完美無缺。此後我遊歷歐洲，在幾場音樂沙龍裡也獲得好評。我懷抱驕傲回到本島，舉辦了許多場音樂會，大家都鼓掌、讚美我，而我去聽其他人的演奏，也感到沒有人可以跟我相比。我一點也不開心，而是痛感本島無人能夠領會我演奏的美好之處。最後一場音樂會，我出於這份輕視，潦草地演奏，果然大家依然拍手叫好呢。我失望極了，覺得本島沒有比我更好的鋼琴演奏家。可是，最後那場演奏是我錯了。我怎麼能夠演奏那麼糟糕的鋼琴呢？那場散漫、凌亂的演奏在夢裡反覆出現，我每天驚醒，飯也不吃就去彈琴，卻像是經歷同樣的噩夢，沒有辦法彈奏完整的樂章。所以，我逃走了，許多個禮拜不再彈琴。那是我自從手傷以後，第一次那麼久沒有彈琴。」

「可是您最後回來了。」

「嗯。回來了呢。那一天我在庭園裡讀書，還記得讀的是史蒂文森的《寶藏島》，讀累了就抬頭看看庭園。然後啊，我看見了……」

「看見了？」

「那株老合歡樹，開滿了粉紅色的花。再仔細看，並不是粉紅色，合歡的花不是花瓣，是許多絲蕊，絲蕊的下方是白色的，頂端是紅色的。旗山的夏天酷熱，合歡花卻開得那麼好看。我心想為什麼以前沒有發現合歡的花這樣美麗呢？柔軟的枝條在風裡搖曳，交疊，糾纏，花朵和花朵互相碰觸。就是那個時候我看見了，音符像是彩繪玻璃窗反射日光那樣，一個一個在合歡樹那裡上下跳動。四分音符、八分音符、兩個八分音符、十六分音符……，我看著那些音符很久，無論更換什麼角度去看，都在那裡。我回到鋼琴前面，把雙手放在琴鍵上，感覺到前所未有的東西，甚至懷疑自己摸到的真的是鋼琴嗎？前一秒覺得琴鍵是這麼沉重的嗎？下一秒卻感到琴鍵竟然這麼輕軟！我彈奏了貝多芬的《暴風雨》，三個樂章，跟我在東京的音樂演奏會一樣。可是，比那更好，好上十倍。如果有任何一個鋼琴大師在現場，我相信那個人會為我的演奏流淚。」

老師停頓下來，宛如沉浸在回憶裡，呼吸變得緩慢悠長。

少女被老師的呼吸所牽動，只能緩慢吐息。

「那麼，逃走再回來以後呢？」

「就會決定不再離開了喔，一輩子都不再離開了。」

「可是老師並沒有成為鋼琴演奏家。」

聽見學生這麼說，老師微笑起來，堆擠出臉頰上的小窩洞。

「那一年的年底，我結婚了。」

學生看著老師，老師看著學生。

「在這個世界啊，女人必須先是女人呢。既然領受著兩個家族的寵愛，也必須回應兩個家族的愛情呀！」

少女想說話，想得太多而沒有辦法說話。過去遇到這種情形，老師會笑說那麼來練琴吧，她就說好。可是老師只是再度溫柔捧握少女的手掌，以雙手的拇指緩慢地從學生的手掌根部按摩到指尖，那手指如同彈奏琴鍵，一下一下叩響少女的心扉。少女想把臉埋進老師柔軟溫暖的手裡，因為做不到而鼻子發酸。

老師久久才又看向學生，對她微笑。

「翠小姐很有天分喔，這雙手是可以成為鋼琴家的手，我有做出這種判斷的自信。當初白石老師向我推薦您，我取笑說本島怎麼可能會有好的學生呢，可是看到您的眼神我就確定了，因為我以前也是那樣的眼神喔。翠小姐是我的第一個學生，首次教琴就能遇見您，或許是神明大人的安排。儘管不能成為鋼琴家，我還是與鋼琴生活在一起啊！您呀，不用學會作曲也沒關係，而是要學習愛著這個世界，您的鋼琴還能更好的。女學校卒業以後，就去讀東京音樂學校吧，我也會這樣建議吳夫人的。比起我，您更有機會成為鋼琴演奏家呢，知道嗎？不要太早結婚，就算要結婚，必須要找個軟弱的溫柔的丈夫哦。」

少女調整呼吸以後點點頭，小心不發出吸鼻的聲音。

老師說：「翠小姐再彈一次〈愛之夢〉吧。」

少女小聲的說好的，我明白了。

五

其實少女不明白。

老師第一次來到鋼琴房的那場演奏，仍然頻繁出現在少女夢裡。

那是貝多芬的《暴風雨》奏鳴曲第三樂章。從老師投向少女的那一眼冰冷目光開始，少女就沒有辦法動彈了。她被捲進寒冷的、清澈的風暴，像是在裡面粉碎，又像在裡面滌淨。她被拋到深邃的夜空，如流星穿梭過一條閃爍發光的巨大銀河，在那裡顫顫發抖，又亢奮高昂。那是少女自知沒有辦法演奏的貝多芬，充滿感情的、熱烈的、緊緊掐住心口、令人呼吸艱難的貝多芬。直到老師再次對少女投以目光，對少女微笑，她才能從那樣的夢境甦醒過來，感覺冬天的冰雪轉瞬消融，天地春暖花開。少女徹底拜倒。音樂是靈魂。多年以後的吳翠知道，她是因為老師的靈魂而拜倒的。所以老師是「老師」，永遠的「老師」，宮田夫人與白石夫人不是。

可是少女不明白。

這樣就夠了嗎？老師擁有那樣懾人的靈魂，擁有那樣美好的音樂，少女心想，這樣的老師，教導像我這種單純是家族富裕、不知世事的愚蠢千金，對老師來說就夠了嗎？

六

少女跟著老師學琴，是公學校四年級開學的春天開始，六年級卒業的春天結束。老師是少女認定的「老師」，卻也是她受業時間最短的家庭教師。進入六年級的第三學期，吳夫人對少女說，去讀臺中州的彰化高等女學校吧。見女兒不說話，吳夫人說：「妳姑姑全部打理好了。那裡的教會有位牧師娘，曾經在歐洲師事鋼琴大師，也願意在本島教琴。如果以後要去讀東京音樂學校，跟著牧師娘學琴，會比較好吧！而且，妳跟姑姑感情向來也很好的嘛，在彰化讀書肯定很舒適的。」

少女溫順地點點頭，又搖搖頭。想了一會，再點頭。少女知道，母親不是徵詢意見，只是告知。吳家經營自動車行，少女的頭兩個哥哥讀工業學校，後面兩個哥哥讀商業學校。跟少女最親近的四哥喜歡讀書，職業學校卒業後想要繼續升學，父親令下不再匯款生活費到內地，最終便還是回到家裡工作。少女想起老師說過的那番話。既然領受著兩個家族的寵愛，也必須回應兩個家族的愛情呀！所以，少女與四哥、與老師都一樣，必須回應家族的愛情。

少女的四哥偶爾在下班後進琴房看少女彈琴，有一次笑說阿翠出世就是屘千金真好，只要開口說想要，未來當個音樂家也沒問題吧。那時少女忍不住在內心發出哀嘆，明明我只想跟著老師繼續學琴，連這樣的小小願望也無法實現啊！未來？未來呢？少女無法想像未來。

第三學期結束以前，少女考取彰化高女的入學資格，幾次想要開口對老師說「我就要去臺中州讀書了」，總是辦不到。苦悶地彈奏莫札特〈土耳其進行曲〉，少女心想世間也有這麼悲傷的〈土耳其進行曲〉嗎？

練彈結束以後老師卻發出笑聲。

「不是考取高女了嗎？翠小姐卻像落榜了的樣子。」

「老師，怎麼會知道……」

「吳夫人請我在三月底結束課程喲。」

少女沒辦法說話。

老師望著少女的側臉微笑。

「想要祝賀翠小姐呢，來跳舞吧！翠小姐也蒐集很多曲盤，選一張喜歡的曲盤如何？」

「我不擅長跳舞。」

「有什麼關係，開心就好了。嗯，〈查爾達斯舞曲〉，跳這個吧，慢板和快板的舞步不一樣，翠小姐會哪一種？」

少女搖搖頭。

老師將少女從椅子上拉起來，示範舞步以後，教導她重複跳一遍。少女試著跳一遍，老師便再跳下一個舞步。皮鞋在地板上發出清脆的聲響。老師注視少女跳舞的模樣，說不定比看少女彈琴還要認真。少女不由得覺得好笑，跳著舞笑起來。老師的眼睛閃閃發亮說：「翠小姐學跳舞也很快呢！」

老師說完，琴室的門忽然打開來，吳夫人一臉懷疑地問說妳們在做什麼。老師優雅微笑，朝著吳夫人頷首，「我在教翠小姐掌握節奏的感覺。」吳夫人便接受了這個說詞，「既然蔡夫人這麼說了……」吳家琴房的大門再次關上。

少女因為拚命忍耐笑聲，咳嗽擠出眼角淚水，半晌才找到手帕。就在那個時候，留聲機流洩音樂旋律。〈查爾達斯舞曲〉的第一段。少女轉身向音樂的來處，看見老師從那裡走過來，皮鞋喀喀踩著發亮的地板。老師肌膚白皙的臉龐，兩頰有紅潤的色澤。琥珀色眼睛的老師執起少女的手，輕輕握住。少女調整呼吸，跟著老師的腳步跳舞。慢板勉強跟上，進入快板的第二段，少女頻頻踩到老師的腳，急得想哭，但老師只是笑著修正少女的舞步。

「是曲盤的錯，我彈得比那好多了。」

「老師，我想聽老師彈琴。」

「傻瓜，我彈琴的話，誰來跟您跳舞？」

老師說得對。少女把去讀高女的事情丟在腦後，甚至把鋼琴也丟在腦後。她們跳完一張曲盤，再跳下一張。她們在反射日光的地板上跳舞，宛如在綠草如茵的春天裡跳舞，在星光閃爍的銀河裡跳舞。少女握著老師的手，老師握著少女的手。

七

少女從公學校卒業，是在昭和四年的春天。

老師和少女的鋼琴家教課結束得比原定更早，三月尚未到達盡頭，便提前取消了餘下的禮拜日鋼琴課。

老師的丈夫猝逝，說是騎馬意外摔落。四房沒有祖宗和子嗣，老師的丈夫喪禮簡辦，安葬以後蔡家送老師坐回頭轎。「坐回頭轎」是休妻的意思，老師孑然回到娘家。休妻是天大的折辱，少女原先沒有理解，直到吳家的老使用人悄悄對她說，真沒聽過臺南大戶人家這樣請人坐回頭轎的。

恐怕有什麼內情吧。連少女的母親吳夫人都這麼說。

為此吳家特意安排座車，讓少女和四哥四嫂到旗山郡表達慰問。旗山郡的王家是仿巴洛克風格的白色洋樓。王家門房引路，客廳裡有鋼琴聲從二樓傳來。其實走進洋樓以前就能聽見琴聲隱約，入了客廳樂曲明顯清晰，少女屏息聆聽，是布拉姆斯的〈幻想曲集〉，G小調奇想曲。但那首短曲演奏完畢就不再傳出聲響。有人來客廳接待少女的兄嫂，並單獨引領少女前往洋樓的後庭園。

少女在那個洋樓的後庭園見到老師。

老師看著少女，仍然微笑。

路途上少女反覆想著要對老師說什麼，見面了卻什麼都說不出來，只能坐進老師身邊的椅子裡面。老師與學生並肩坐著。庭園裡有風吹拂，一陣比一陣還要強勁。她們一起聽著勁風吹過花樹的聲音。

過了許久，老師發出澀澀的嘆息。

「老師，不要勉強……」

少女對老師搖頭。

老師也對少女輕輕搖頭。

「我有過一個孩子。那個孩子夭折了，我非常難過，只有彈琴的時候稍微可以減少悲傷。那個時候，蔡家大宅裡的人們對我的作為感到不滿。可是，我要是不彈琴，就沒有辦法活下去了。白石老師在那個時候來找我，請我當您的家庭教師，我的丈夫也支持，我是這樣才去教琴的。教琴這件事，蔡家有人非議，都是我的丈夫為我說話，說是他想跟你們吳家做生意呢。後來，我的丈夫發生意外，安葬的那一天……我，我明知道不應該這麼做的，還是彈奏鋼琴了。二房的長輩相當氣憤，所以……」

少女心口緊緊的。

「啊，」老師說：「這個世界啊，翠小姐，這個世界真是太殘酷了。即使是內地，即使是歐洲都不行吧！女人純粹愛著鋼琴也能活下去的地方，世界上要是有這樣的地方就好了。」

老師的悲嘆令少女鼻酸，淚水湧上眼眶。

可是，少女的心頭浮現連自己也難以想像的念頭。

「剛才的鋼琴，是老師演奏的吧，那比老師在我的鋼琴房裡彈的更好……」

少女說到一半就停下來。

老師看向少女學生，那雙琥珀色的眼睛裡有薄薄的水光。

少女忽然理解了。幾乎是同個時候，老師的眼淚奪眶而出。那個時候，少女和老師心意相通。可愛的孩子，溫柔的丈夫，還有鋼琴。因為深愛著鋼琴，即使是在這種時候也難以遏制喜悅之情。

老師站起來快走了幾步，背著學生擦淚。

少女從椅子裡面起身，卻只能站立著無法動彈。老師，這樣也沒關係吧。少女好想這樣對老師說。

「翠小姐，您能看見那株老樹嗎？那是我說過的老合歡。您看得見那裡的音符嗎？現在的我，每一天都能看見，每一天都比前一天彈得更好。這是神明大人的惡作劇嗎？啊，像我這樣心思醜陋的人……。失去孩子和丈夫，如今的我是自由之身了，我竟然會出現這樣的想法。我是遭受太多打擊而瘋狂了嗎？還是說，我原來就是這麼可怕的人呢？即使如此，我還是想彈琴，比任何時候都想要彈琴，也比任何時候都彈得更好。多麼殘酷啊！」

春天尚未開花的合歡老樹在風裡發出浪聲，在風裡溫柔交纏。老師纖細的身軀像是合歡綠色的枝條那樣顫顫搖晃。

春天的風啊，是這樣強勁的嗎？

少女凝望老師纖弱的背影，胸口刺痛不已。

老師，這樣也沒有關係吧？

少女在心底反覆地這樣呼喊著。愛得太深了，才會痛苦。老師不是這麼說過的嗎？即使是痛苦到令人想要逃跑的感情，最終還是要回來面對。然後，一輩子都不再離開鋼琴了。

老師的悲傷和喜悅，這個世界只有我全部理解。少女想要這樣對老師說，想要過去將那纖細的身軀緊緊的擁入懷中。老師，是愛得太深了，才會痛苦啊！所以這樣也沒有關係吧？

可是，老師沒有回頭。老師沒有聽見少女內心裡澎湃的呼喊，沒有回頭看見少女熱切的目光。就像那個初夏清風吹入吳家花窗的禮拜天早晨，老師凝望風裡起伏的野薑花，對少女的動靜渾然未覺。

啊，強勁的風啊。

在那風裡老師沒有回頭。

少女胸口刺痛，在風裡拚命忍耐盈滿眼眶的淚水。是愛得太深了，才會那麼痛苦。

少女凝望著老師的背影，感覺恍惚，心想我說的到底是鋼琴，還是老師？

陣風吹起，花樹如浪霎霎，彷彿有貝多芬的《暴風雨》在少女的胸腔裡發出回響。一時之間，少女分不清是在自己還是老師的悲傷與喜悅裡面渾身粉碎，所以無法動彈，無法言語。

然後，少女看見了。

四分音符，八分音符，兩個八分音符，十六分音符……。春天的日光碎在合歡樹的枝條之間，那裡，有音符輕盈跳動。

金木犀銀木犀

「魚是鯛，花是櫻啊。」

起床時，腦海浮現這樣的旋律。

於是唱著這樣的歌開始作畫，我把調好的顏料抹上畫紙。

卯花色，胡粉色，白練色。美麗的顏色。

「魚是鯛，花是櫻，美術展，是日展啊，嗯哼哼……」

「您這個口吻，是在嘲弄誰呀？」

「啊，不愧是靜，腦袋真好。」

「真失禮，您想稱讚的那位『靜御前』又不是我。」

聽見這話，我忍不住笑起來。

畫室角落傳來的聲音是女傭阿靜。

回到睽違多年的故鄉福岡，儘管曾經大吵一架，兄嫂仍然對我殷殷照拂。只是我不適應家族生活，搬到遠離主屋的小屋住了幾個禮拜，起床就是畫畫，再來只有倒在榻榻米上翻滾身子，躺在緣廊仰望蒼天，每天都依賴阿靜端來三餐和點心。

我抽動鼻子嗅聞空氣。

「是烤秋刀魚嗎？啊！好想吃牛肉燴飯，或者茄汁雞肉飯！」

「井上家的廚房不煮那個，如果您想吃，出門去洋食店不就行了。」

「唉，魚是鯛，花是櫻，美術展是日展啊。」

「如果是想要炫耀您入選日展，我已經聽膩了。」

「沒有炫耀的意思，藝術的好壞並不是美術展決定的。」

「說出這種話的弓子小姐，就是在炫耀！」

阿靜的嘴巴還真壞。

可是，我轉頭看見阿靜的側臉就沒辦法生氣。

「下次當我的人物模特兒吧，再帶妳去吃牛肉燴飯，還有冰淇淋汽水。阿靜這個角度跟『靜御前』特別相像喔。」

「那位是臺灣人，我們怎麼可能相像嘛。」

這種對話不知不覺重複三次了。

頭一次我跟阿靜說，我們以前不說「臺灣人」而是「本島人」，阿靜反駁說：「那是大正時代的事情吧！」但我從本島的女學校卒業之時，早就是昭和十三年了。年輕的阿靜，完全不明白戰前的事情。

「真的很像喔，只是戰爭的時候相片都燒了。」

這樣的話一說出口，心底油然生出懷念之情。

昭和初年的臺中州、女學校、游泳池、戲院、鉛筆素描的白色畫紙，混合風裡銀木犀的香味，一起從心底湧現出來。

啊，好想見靜枝一面！

比起牛肉燴飯或茄汁雞肉飯，還要強烈一百萬倍。

一

昭和十三年那個時候，「日展」叫作「帝展」，全稱是帝國美術院展覽會。昭和十五年適逢神武天皇紀年二六〇〇年而盛大舉行，更名「紀元二六〇〇奉祝展」，一派大日本帝國的威風氣勢。戰後才像冷卻下來的煤炭，改叫日本美術展覽會。

但那時是燒得正熾紅的煤炭。

年底報紙披露本島有臺中州出身的畫家入選奉祝展，我興奮難言，再三遣人去找來靜枝。抱著書本的靜枝倉皇到我的小屋，對我失笑說：「不是說藝術的世界沒有位階高低嗎？」我宛如傻瓜呵呵發笑：「同樣是臺中州人士，不是很親切嗎？畢竟是奉祝展嘛……」

說起來，昭和九年的帝展也有本島畫家入選，而且還是本島第一位入選帝展的女畫家。當時我只是默默牢記那位畫家的姓名，並沒有驚慌失措。換句話說，奉祝展那年的帝國盛況，儘管是我這種素來漫不經心的人也會深受鼓動，不意捐棄昔日的生存之道。就是那樣頭腦發熱的時代啊。

魚是鯛魚，花是櫻花，美術展是日展。

我先是用鼻子哼吟，隨後放開喉嚨唱歌，魚是鯛魚，花是櫻花，女人啊是大和撫子。

回憶如歌，在冷卻下來的腦海裡掀起波濤。

就是昭和九年，靜枝在全島高等女學校游泳大會比賽贏得冠軍。

靜枝、雪子、花蕊與我結為朋友，是在第一堂游泳課的時候。

有如銀色的銳利剪刀切割豔藍色的水面，迅速流暢地抵達終點，泳池裡面唯獨靜枝的泳姿跟其他人截然不同。

雪子對上岸的靜枝說：「妳有沒有讀過聖經？」

靜枝回答道：「有，每個禮拜日都去臺中教會。」

花蕊問道：「為什麼問這個？」

我忍不住從旁插嘴：「是說摩西分紅海吧？那樣的英姿真教人感動。」

靜枝轉過來看向我，臉龐綻放光彩奪目的笑容。

第一學期即將結束的七月，靜枝隨學校游泳隊出賽，首次出賽就抱回冠軍寶座。那年是昭和九年，我們四個是臺中高等女學校一年花組的同班同學。

同級生裡面本島學生人數扳手指數得出來，一年花組有三位，當中鬼靈精怪的雪子早已博得「女校長」的別號，花蕊在洋裁課受到眾人歡迎，結交了許多朋友，反而體魄、頭腦同樣頂尖的靜枝沉靜內斂，不那樣受到注目。

天氣轉涼的季節，靜枝還去游泳。我在池畔素描，勾勒靜枝劃破水面的身姿，以及上岸時滴水的手指。「不冷嗎？」我這麼問。靜枝說：「因為我想游得更快，要比任何人都快。」

那是我們二年級的秋天，剛剛過去的夏季大會，游泳隊沒有奪冠。

隔年，靜枝二度奪得大賽冠軍。學校尚未舉辦表揚儀式，靜枝賽後返回臺中城，走到柳町來告訴我這個消息。我亢奮不已，顧不得兩人站在玄關土間就緊緊握住靜枝的手。

「啊，太厲害了！太厲害了不是嗎？要大大慶祝一番啊！」

「儘管不是『法蘭西小姐』，總算還過得去吧。」靜枝微笑說。

「靜枝是『靜御前』，是大和撫子！泳姿優美的全島第一人！」我大聲的說。

靜枝低下頭，夕陽斜暉照得那下巴線條優美動人。

※

「您說的『法蘭西小姐』是什麼？」

「就是我呀。美術課的白子老師說我有繪畫天分，我問依照這天分能去讀法蘭西美術學院嗎？後來大家取笑叫我『法蘭西小姐』。雪子也是，剛入學的時候抱怨說高女校長竟然不是女人，就有了『女校長』的別號。花蕊做洋裁的手藝一流，別號是『裁縫師』。我們是四劍客喔。」

「什麼，四劍客？」

「大仲馬的小說，不是有達太安與三劍客嗎？我們是四個人，為求平等，所以是四劍客。」

「法蘭西小姐、女校長、裁縫師和靜御前呀……。總覺得有點火大耶。」

「阿靜的脾氣不好嘛。」

「才沒有這回事，明明是弓子小姐您那邊的問題。您這位羅曼蒂克的千金小姐，哪裡像是經歷過戰爭的人，想必從來沒有遭遇痛苦的事情吧！」

阿靜把杯子盤子砰砰作響地放在角落的桌面。

我把肺裡的濁氣全部吐出來。

「我最討厭戰爭了，可是，人總要活下去啊！」

阿靜轉過來看我，好像被我嚇到似的張大眼睛。

「知道了，我很抱歉。」

低下頭的阿靜跟靜枝非常相似。

「要賠罪的話，我想吃長棍麵包，硬硬的那種，再夾幾片火腿。」

聽見我這麼說，阿靜又把臉抬起來，臉頰氣鼓鼓的。

「請您不要把在法蘭西那邊的習慣掛在嘴邊好嗎？而且您是存心作弄人吧，在法蘭西，肯定反過來說想吃納豆和味噌湯。」

「哎呀，不愧是靜，腦袋真好。」

「法蘭西那邊的女傭不會受不了您嗎？」

「只要說好想念死去的丈夫為我煮的味噌湯，不管是安娜還是艾瑪，大家都會擦著眼淚去做。」

「什麼？您不是沒有結婚嗎？」

「哦，我說丈夫在東京大空襲的時候死了，每個人都會相信喔。」

「真是難以置信！為什麼可以說這種玩笑話！」

阿靜猛然站起身子，砰砰的打開格子木門出去，砰砰的關門。

氣勢洶湧的阿靜，不愧是年輕少女。

我去屋裡角落的桌子一看，是咖啡歐蕾和淋著煉乳、蜂蜜的煎吐司。

幾口吃掉點心，繼續唱起歌來畫畫。

麵包是長棍麵包，米是蓬萊米，點心啊是粉圓湯。

二

說到「東京空襲」，現在的年輕人都以為是昭和二十年春天的事情。那是誤解。昭和二十年春天的無數次轟炸，確實是名副其實的「東京大空襲」，據說砲彈如雨傾盆而下，可是第一次東京空襲是昭和十七年，出於美利堅合眾國對帝國皇軍「真珠灣攻擊」的報復。帝都首次遭受空襲，實際損害並不嚴重，傷害慘重的或許是當年日之丸帝國的尊嚴。

那時我和靜枝都在東京生活。

昭和十三年臺中高等女學校卒業，四劍客唯有我和靜枝上京升學，我讀東京女子美術專門學校，靜枝是東京女子藥學專門學校。我們同樣應屆錄取，昭和十六年春天應屆卒業。專校卒業後，我到帝國美術學校旁聽課程，出門除卻上課，只有看戲，其餘都是在家埋首詩集、曲盤、法語和繪畫。一旦全神貫注在興趣裡面，就連吃飯睡覺都會忘記，所以儘管知道東京騷動，卻是隔了兩天以後才知道東京空襲這件事，我就是這樣活在自己世界裡頭的散漫之人。

比起空襲，靜枝結婚沒有通知我的這件事更讓我驚訝。

知道結婚消息，是靜枝那天深夜造訪我在和田町的小屋。新婚半年的丈夫佐藤氏外遇，娘家遠在本島臺中州，靜枝無處可去，來敲我的屋門。即使如此，靜枝腰桿筆直，沒有流淚，宛如站立在臺中城柳町的我家門外，堅毅的表情還是「靜御前」。

叫醒女傭去餐館打酒，我把牛肉蔬菜豆腐全放進滾燙的鍋子煮成壽喜燒。熱氣蒸騰的鍋子那一邊，靜枝沒動幾次筷子，喝了許多酒，臉頰飛紅像要滴血。佐藤的外遇對象是佐藤診所的看護婦山田氏，佐藤家竟然無人為靜枝仗義執言。

「說到最後，山田小姐也是內地人啊。」靜枝細聲的說：「是嫁給內地人的我太愚蠢了。」我把肺裡的濁氣用力吐出來：「是佐藤家的錯，本島人不是次等人啊！」就是那個深夜，大醉的靜枝最終俯在我的腿上，掩著臉說：「請不要看我這醜陋的面目……」

隔天破曉的清晨時分，靜枝喚起我說要回去了。

我說住下來吧，靜枝搖頭。

「那麼，要回本島嗎？」

「不回去。」

「啊，好懷念本島！」

「說謊，明明是『法蘭西小姐』。」

「沒說謊，本島多溫暖啊，銀木犀開花的時候妳還能游泳呢。」

靜枝從鼻子裡發出笑聲。

「弓子啊，一樣的花，本島是銀木犀，內地是金木犀。」

我沉默望向靜枝的美麗側臉，看見她低下頭微笑。

「人也是，本島是銀，而內地是金啊。」靜枝說。

我的胸口如遭針刺。

那時我心想，美利堅的炸彈啊，怎麼沒有丟到佐藤的頭上呢？

三

儘管說是南方的島嶼，最冷的季節也沒有辦法游泳。

那種時候靜枝繞著運動場長跑，短髮在風裡飛起。我描繪脖子的汗珠、緊繃的雙腿。四劍客因為同是家族的么女而投契，每天有說不完的話，可是雪子搭火車通勤、花蕊是室內活動主義者，放學後經常只有我跟靜枝在一起。靜枝練習結束，我差遣家裡的人力車伕買來點心，兩人躲在誰都看不見的地方吃熱熱的粉圓湯。路邊吃點心違反校規，最初我拉靜枝去吃，靜枝堅決不肯，只好退讓，在校園角落我把湯匙塞到靜枝嘴裡。

「就是拿弓子沒有辦法啊。」

靜枝明明氣得臉都紅了，還是對我溫柔說話。

我著迷的看著那紅紅的臉龐、亮亮的眼睛。

「那靜枝也可以教我數學嗎？家政也好難喔！」

「雪子的數學更好，家政應該找花蕊呀。」

「大家有自己的長處，可是最厲害的是靜枝。太奇怪了，為什麼每一科都可以讀得這麼好呢？」

靜枝安靜了一下，看著我。

「是呀，這是為什麼呢？」

「問我為什麼啊……這是挖苦我嗎？」

「不是挖苦，弓子對此是怎麼想的呢？」

我想了很久。

「本島人的遺傳基因是不是比較優秀？本島人個個都名列前茅。」

我這麼一說，靜枝就又嘆氣說真拿弓子沒有辦法呀。

「好想要成為弓子。」靜枝說。

「我也想成為靜枝啊！」我說。

靜枝低下頭微笑。

晚霞泛著藍紫色的光彩，是堇色，杜若色，留紺色。夕照是洗朱與雀茶色，在靜枝身周鑲出一圈金邊。

靜枝是我看過最美麗的少女。

我說的，是心。那像是冰晶，像是玉石，不動聲色的美麗令我折倒。如果要給靜枝標誌一種顏色，只能是高雅尊貴的藤色。

靜枝奮戰不懈，不露鋒芒。比任何一位內地女人都更加匹配大和撫子之稱，也比任何一位內地男人更加匹配武士之名。

說到大和撫子，就是靜御前，說到武士就是源義經。

早前我和靜枝數度到臺中座看戲，我念念不忘義經與靜御前的故事。

平安朝源氏的義經自幼聰穎過人，盛年助兄長賴朝討伐敵手，戰功顯赫終至遭受兄長忌憚，到了賴朝捨棄兄弟之情、緝拿義經的地步。義經不得不逃亡吉野山，使令僕役分道護送有孕在身的戀人靜御前避難，未料從此竟是摯愛永別。在那之後，還有賴朝強迫靜御前表演歌舞刻意折辱、靜御前卻反過來歌詠義經以示對抗的勇敢之舉。

以這樣的歷史典故為題材，舊劇有不少知名劇目。歌舞伎也好，淨琉璃也好，戲院的本事單上出現「義經千本櫻」或「船弁慶」，我總是先問靜枝：「禮拜日下午我們去看戲吧？」靜枝有一次笑起來說：「弓子還真是喜歡義經呀。」我無話辯駁，儘管我喜歡靜御前勝過義經，在靜枝面前也只會傻笑。

靜枝比我熱中戲劇，不分新劇舊劇，對支那戲劇、本島戲劇和內地戲劇都有興趣。游泳大賽失利的二年級，靜枝中止看戲，生活只有讀書和鍛鍊。那個天氣已經轉涼的游泳池畔，靜枝說：「因為我想游得更快，要比任何人都快。」我說：「藝術的世界沒有位階高低之分，只有可以不可以觸動人心的美麗。運動和藝術有共通之處吧，我是這麼想的，如果是靜枝，不需要這麼賣力也沒有關係，因為靜枝已經是最好的了。」

靜枝安靜下來凝望我，久久才對我搖頭。

無論是義經，還是靜御前，明明都有更加聰明靈巧的生存之道，可是選擇了不愧自我的剛直道路，想必胸膛裡懷藏名為大志的寶物。義經是為眾人所知的悲劇英雄，集光芒於一身，靜御前在那光芒底下顯得黯淡，然而看似柔弱的外表之下，內心無比堅實，獨自在幽微之處閃耀光輝。

靜枝是靜御前，比源九郎義經，比武藏坊弁慶都要凜然美麗，那雙眼睛裡面有游泳池的波光，有晚霞的光彩，好像胸懷裡收藏的寶物穿透縫隙，閃閃發亮。

在靜枝面前，成天掛念吃飯畫圖的我啊，只配當拉車的牛。

※

明明身在福岡，我卻不時想起少女時代的往事，那些臺中市街與巷弄之間的細瑣往事。

禮拜日我到臺中教會門外等候靜枝，吃過午飯以後，纏著靜枝去看戲。我們在臺中座看歌舞伎、能劇、落語和魔術表演，在娛樂館看西洋映畫。如果看支那的京戲和福州戲，去樂舞臺。看本島的歌仔戲，去天外天劇場。儘管是聽不懂的曲調說唱，我也趣味盎然。

細數起來令人驚訝，那是二十年前的往事了。

我在榻榻米上翻滾身軀，向右滾兩圈，再向左滾四圈。

浴衣的衣襬從大腿那邊掀起來，應該穿洋裝才對，或者穿美利堅的牛仔褲。

新的圖畫已經塗色五天，一鼓作氣就能完成，總覺得很可惜而沒有辦法收尾，畢竟我滿心想著二十年前的臺中市街風光，熱帶建築的亭仔腳、大正橋、新盛橋和鈴蘭燈，綠川和柳川。有過一次假日，靜枝抵擋不住我的策動，隨我拾階下綠川河道，與那裡的洗衣婦一起赤足踩水。

閉起眼睛，似乎嗅聞得到河川的氣味，看見那粼粼的水色。

「您入選的不是西洋畫嗎？」

角落的阿靜發出聲音，我的魂魄彷彿從臺中咻咻地穿梭回到福岡。

「哦！阿靜也有去看嗎？」

「井上家還有誰沒去看呀！可是您這個是日本畫吧？」

「不愧是靜。」

「瞧不起人也要有個限度，就算我說不出什麼野獸畫派還是印象畫派的，您入選日展的那個是用油彩，可是這個不是油畫。而且為了這幅畫，弓子小姐在煮鹿膠不是嗎？我也是有讀過書的呀。」

「抱歉、抱歉。」

「算了，對弓子小姐生不起氣。」

阿靜到我腿邊拉正我的衣襬。

我順勢坐起身子。

前方畫架上的是草稿構圖、鉛筆勾勒就花去三個禮拜的圖畫。

滿樹花開的銀木犀，坐臥的水牛回首，與站立的少女對望。

「那個啊，臺灣話叫作『桂花』，音調好美，畢竟是美好的花嘛。」

「您是說這個金木犀嗎？」

「『桂花』不是金木犀，是銀木犀。日本開的花是橙子紅的，臺灣開的花是牛乳白的。所以靜枝才會說，內地是金木犀，本島是銀木犀。」

「這樣呀……」

畫紙上水牛凝望著少女。

總覺得可惜，沒有辦法完成。

昭和十二年春天，我們升上四年級。四劍客只有靜枝和我決定升學。雪子招贅、花蕊嫁人。靜枝透露上京的規畫，我說這樣啊。回到柳町的家裡，立刻請管家賴氏到製糖所會社知會父親說不要留學法蘭西了。我是父親的老來女，總是事事如願，之後果然順利上京考美專。大家知道我的決定以後說：「法蘭西小姐不去法蘭西可以嗎？」我說：「讀完專門學校，再去也不遲吧！法蘭西小姐到哪裡都還是法蘭西小姐嘛。」靜枝嘆氣說：「跟法蘭西小姐在一起，看來靜御前也只能是靜御前了。」

回憶這些事情，我心頭也會流馳甜美的痛楚。

「說起來那位『靜御前』，真是能夠忍受弓子小姐呀。」

「阿靜這張壞嘴巴也真敢說啊。」

「那幾位都心胸寬廣呢，不是嗎？女校長、裁縫師也是。到現在也還有聯絡嗎？」

「臺灣那邊發生許多事情，裁縫師失聯許久了。校長先生住在京都，有拍來電報祝賀入選。先前見了一面吃紅豆湯圓，都說好懷念本島啊，想吃粉圓湯。」

「那麼靜御前呢？」

「在東京的代代木哦。」

「是絕交了吧？」

「胡說，才沒有這回事。」

「沒有拍電報祝賀就算了，您說靜御前結婚的時候，為什麼不通知您呢？」

四

魚是鯛，花是櫻，女人啊，是大和撫子。

那個深夜，一口一杯酒的靜枝唱起奇怪的歌，和服下襬凌亂，露出小腿。

「吶，弓子不是有未婚夫嗎？那位島津先生。」

「別提那個討厭的人，見我吃了兩人份的雞肉火鍋就臉色僵硬，聽說我讀本島的女學校，嘴巴都歪了。」

「女人總是要結婚哪。」

「啊啊，真希望島津家悔婚。」

「就算說是旁支，那可是華族島津家呀……。弓子真是怪人。」

「靜枝才是，為什麼結婚不告訴我？這樣愛著那個佐藤，著急地結婚嗎？」

「不是的喔，不是愛，是愚蠢的結果吧。」

「別這麼說嘛！」

「我呀，敗給了不想輸給任何人的心，實在可笑。說到最後，山田小姐也是內地人啊。是嫁給內地人的我太愚蠢了。」

「是佐藤家的錯，本島人不是次等人啊！」

靜枝搖頭，亮亮的眼睛裡面盈滿淚水。

我伸手去理正靜枝的衣襬。電燈泡照得那雙好看的小腿肌膚閃耀光芒。那是以前在運動場上、在游泳池裡飛馳的靜枝的雙腿。

「拋棄那種男人，我們去法蘭西吧！」

「什麼？」

「法蘭西呀，在那裡，我們再去過女學生的生活，靜枝還是靜御前。」

「什麼嘛，太過分了，天真的弓子，太殘酷了！」

酩酊爛醉的靜枝把拳頭捶在我肩膀上，無力地捶了好幾下，最後俯在我的大腿，拳頭掩住臉龐上奔流的眼淚。

「魚是鯛，花是櫻，女人是大和撫子，我已經厭倦這種事情了。請不要看我這醜陋的面目，這個世界上只有弓子，我不想讓妳看見我軟弱的樣子……」

五

昭和十六年夏天，專校卒業的靜枝跟佐藤醫師結婚。

那時我在做什麼呢？沒有回故鄉，也沒有遠行，只是在和田町的小屋，每天吃飯睡覺、畫畫讀詩，到帝國美術學校旁聽課程，禮拜日跟靜枝同去看映畫。

在此之前，正是春天卒業之際，家人發電報問我還去法蘭西嗎，跟島津少爺的相親已經訂在某月某日。我不回電報，櫻花謝盡的春末，哥哥遠從福岡奔赴東京，嚴肅問我莫非是想讓井上家蒙羞嗎？

作為家族的小女兒，父親眷戀不捨而攜我到本島共同生活，留在家鄉的長兄廣太郎哥哥似乎憐憫我自幼在外成長，向來溫柔以對，板起面孔還是頭一遭。於是我回去跟島津家的少爺吃了雞肉火鍋，在家鄉停留兩天。廣太郎哥哥送我到車站，臨別前慢吞吞說：「如果弓子還想去法蘭西，總會有辦法的……」

回到東京的那個禮拜日我還跟靜枝見面，帶了白豆口味的羊羹做土產，連袂去銀座的洋食店吃牛肉燴飯，去歌舞伎座看戲。提到島津和廣太郎哥哥，靜枝說這樣啊，是華族的島津氏。

事後我回想推算，靜枝是在那之後不久跟佐藤結婚的。

——您說靜御前結婚的時候，為什麼不通知您呢？

緩慢給畫紙上色，彷彿抱著這個問題過了一夜。

其實不是一夜，這個問題我藏於懷抱許多年。頭腦發熱的日本帝國，戰後像是燒透的煤炭全部冷卻下來。是那樣的許多年。

靜枝出身臺中州南投郡的地主家族簡氏。本島地主家族的結婚禮俗，瑣事數都數不清。與我同樣領受家族恩惠赴京升學的靜枝，循規蹈矩、內斂堅實的靜枝，一絲不苟的靜枝，因為愛情盲目而匆促結婚，這種事情是不可能的吧。

我的腦袋不好，活到三十幾歲也只會畫畫，跟水牛一樣笨拙。疑問在大腦裡面發芽生根，把我的腦髓都吸乾了，開花落果，我才勉強從果實小小的裂縫看見名為答案的光芒。可是那個答案是真相嗎？

真想見靜枝，比起粉圓湯，還要強烈一百萬倍。

小屋的格子木門發出聲響。

阿靜的腳步聲靠過來。

「哎呀，您該不會一夜沒有闔眼吧？」

我嗅聞空氣，沒有早飯的味道，一縷甜香鑽進鼻子深處。

轉過頭去一看，阿靜抱著花瓶，瓶裡插滿金木犀。

儘管是這種時候，人也會想要微笑。

「阿靜來看，『靜御前』的畫，跟現在的妳不是一個模樣嗎？比起西洋畫，果然東洋畫更適合靜枝吧。」

「靜御前跟您同年不是嗎？圖畫看起來只有二十來歲，是照著我畫的吧，那當然看起來是一個模樣了。」

「行了行了，妳說，取名叫『銀木犀』如何？還是要取名『桂花』？」

「您還說銀木犀啊！您倒是拿去給靜御前瞧瞧，我要是靜御前，連畫都是銀色的，一定滿肚子火。」

「哎呀，火氣真大，是金木犀都盛放的季節了呢。」

「什麼嘛，就是這點令人火氣直冒不是嗎？『內地是金，本島是銀』，算是什麼悲慘的宿命嘛，憑什麼叫人一出生就背負這種命運？」

「藝術的世界……」

「啊啊，真是夠了，請不要再提藝術的世界沒有位階之分了！弓子小姐真的不明白嗎？那位靜御前就算寬宏大量，看到這幅畫也會決定跟您絕交的！」

阿靜氣呼呼的，用力放下花瓶就砰砰出門。

憤怒的阿靜，也是聰穎的阿靜。我沒辦法對這樣的阿靜生氣，傾身去把疲倦的鼻子湊到小小的橙紅色花朵上面。

啊，好香。

那一天的花也是這樣的濃香嗎？

昭和十七年春天東京空襲，家裡發電報要我回家，我不肯，夏末時哥哥派人收拾了我和田町的小屋。靜枝送我到車站，那個金木犀初放的早晨。那個早晨的花香。

我想不起那個早晨金木犀的香氣，也想不起靜枝當時的表情。

只有這種時候我怨恨不爭氣的、笨牛一樣的腦袋。

那是我見靜枝的最後一面。

昭和二十年春天，東京大空襲。高傲的島津沒有死，花心的佐藤沒有死。我堅不理會哥哥嫂嫂的勸阻，大吵一架以後獨自從福岡輾轉行去東京，只想知道靜枝是在哪一天殞命，可是佐藤家的人說怎麼可能記得，那暴雨似的炸彈，找到遺骸不就很好了嗎。

我想不起昭和十七年東京的金木犀的香氣。可是，昭和九年，十年，十一，十二年的銀木犀的花香，回憶裡本島的花香令我鼻酸。

因為我想游得更快，要比任何人都快。靜枝說。儘管不是「法蘭西小姐」，總算還過得去吧。靜枝說。跟法蘭西小姐在一起，看來靜御前也只能是靜御前了。

我呀，敗給了不想輸給任何人的心，實在可笑。說到最後，山田小姐也是內地人啊。是嫁給內地人的我太愚蠢了。靜枝說。

請不要看我這醜陋的面目，這個世界上只有弓子，我不想讓妳看見我軟弱的樣子……

回憶起來就有千百根針刺痛我的胸口。

我不是井上家聰明的女傭阿靜，是笨拙的傻瓜弓子。燒熱的腦袋經過二十年才冷卻下來。

為什麼靜枝結婚不告訴我呢？這個問題在我腦海裡經過許多年才有果實落下裂開，一絲光亮從縫隙透出來讓我看見。

那個深夜我對靜枝說拋棄那種男人，我們去法蘭西吧！法蘭西呀，在那裡，我們再去過女學生的生活，靜枝還是靜御前。

靜枝流淚握著拳頭捶我說天真的弓子太殘酷了！魚是鯛，花是櫻，女人是大和撫子，我已經厭倦這種事情了。請不要看我這醜陋的面目，這個世界上只有弓子，我不想讓妳看見我軟弱的樣子……

「弓子啊，一樣的花，本島是銀木犀，內地是金木犀。」

靜枝說。

「人也是，本島是銀，而內地是金啊。」

靜枝說的不是醫師佐藤，不是看護婦山田。

恐怕也不是世界上任何一位內地人。

我看見縫隙裡的光芒，宛如窺見一線真相。

那個縫隙裡面，潛藏著名為井上弓子的散漫之人的身影。

六

靜枝跟佐藤醫師匆促結婚，是因為我的未婚夫出身華族島津嗎？

事到如今，即使能夠當面逼問靜枝，為什麼當年結婚不通知我呢？請告訴我真正的原因吧！或許靜枝仍然會低下頭微笑說：「是呀，為什麼呢？弓子對此是怎麼想的呢？」

那樣也沒有關係。

我打從心底只想再見靜枝一面，如牛俯首在她的腳邊，喁喁傾訴心聲。

昭和九年的第一堂游泳課，靜枝彷彿分開紅海的摩西。

我那麼說了以後，靜枝轉過來看我，先是眼角微微瞇起，臉龐上的笑容綻放開來，天地宇宙大放光明。世間所有的顏色都無法形容，那是純粹的和煦的光芒，將我融化。那時我忘記怎麼說話，所以沒能開口。靜枝不是分開紅海的摩西，是說要有光就有了光的創世之神。

明明是從那個時候開始啊，我就像牛一樣凝望著靜枝。

輯三

少女夢

孟麗君

她是阿蘭。全名林美蘭。但她叫什麼，向來不重要。

她偶爾會想，她和秋霜倌之間是誰同情誰多一些？從秋霜倌那裡遞過來的線裝手抄本封皮嶄新，封面字跡浮動墨香，書冊有新紙氣味。她從書裡抬起眼睛，看見秋霜倌微微一笑。

「《再生緣》第十三卷。屘千金是不是等很久了？」

「昨日才聽屘千金又問起，我在猜，是想跟早季子小姐展寶。」

「我也是這麼想的。尋到的那冊抄本收藏不好，紙頁發霉，不如整本重做，屘千金展寶才有面子。」

「整本？知道妳一手好字，還不知道妳會做書。」

「閒著無聊，慢慢的什麼都會了。」

秋霜倌說著又微笑，輕聲唸唱起來，「麗君心內有主意，就對滎蘭來說起，主婢女子假男兒，趕到北京去赴試——這也是慢慢學的嘛。」

於是她也微笑。秋霜倌低吟的不是清國彈詞小說《再生緣》，是歌仔冊《麗君解粧逃走映雪代嫁投水》。秋霜倌有好歌喉，只是罕得聽見。

她曾經同情秋霜倌。藝旦出身的秋霜倌，花信年華進這大紅厝裡做人細姨，青春凋零得無聲無息。只不過秋霜倌的笑容有時令她驚心，因為那笑容裡也有憐憫之色。

她和秋霜倌，是誰同情誰多一些？

她不知道。這個問題很快被拋在身後。她是這座大紅厝裡十數位女性使用人的頭領，走一步想下一步，沒有歇止的時候。

這幾天她特別忙碌。連年的學生暑假，有位內地貴客固定短期留宿這座大紅厝。那是這家裡屘千金的總角之交，名為松崎早季子的十三歲少女。松崎家作風奇特，植物學家的老爺與擔任助手的夫人經常遊歷山野，尤其夏天逢上長假，因而小女兒總在這時前來寄寓。自她們學齡前起始，到今是第七年，小學校都即將卒業了。她心裡隱約有種念頭，感覺屘千金和早季子小姐的這種暑假肯定會延續到高等女學校卒業。

灶房裡面，使用人正在準備她吩咐的愛玉、四神糕與鐵製的水龜。水龜表面水珠點點，她伸手去摸，有涼意沁透，想是裝滿冰冷的井水。

水龜，愛玉，四神糕。

她忽然停頓。

十三歲啊。她沉靜下來想，是有過一次這樣的事情沒錯。跟屘千金、早季子小姐同樣年齡的彼時，曾經有人為她準備了同樣的東西。她記得，那是整整十五年以前的事情了。那一年，是大正七年。

來到現在的養母身邊那時，她才六歲。

原來的家裡食指浩繁，她和她雙胞胎姊妹是最小的兩個女孩。長到六歲，家裡決定出養雙胞胎裡的一個。姊姊們說，她是要送去做別人家的媳婦仔哩！結果並不是。她養母喪夫無子，回到娘家，想養個女孩作伴。

她跟著養母的亡夫改姓，從戴姓改成林姓，從此進了大紅厝。兩進五開間的紅磚三合院，三合院外埕出來還有一片大庭園。這是王田勝腈的地主楊家。儘管鄉人稱呼楊家，內邊自己人倒都說是知如堂。她稍長就明白緣故，知如堂主人楊玉壺招贅，長子承嗣，次子隨贅婿姓陳。

她的養母是知如堂主人玉壺的庶妹。她喊玉壺為姨母，楊姓表哥為大兄，陳姓表哥為二兄。她與兩個表哥年齡差距甚大，大兄的長女春子僅僅小她一歲。她入知如堂的隔年，二嫂生了一對雙胞胎，二兄歡喜，為此在護龍後方種植一整列芬芳燦爛的老株金銀花。她還懵懂，模糊感覺到某種悲傷，直到聽見養母微微笑說，我記得妳也是雙生仔？

她總算回味，也總算理解，她來這裡固然不是做人媳婦仔，但也不是做人心肝查某囝的。她是養女。大紅厝可以容納三個姓氏，血緣終究將她推在屋簷外面。

但她把悲傷拋在身後。

她在這家裡，生活比原來的戴家還舒服。一天三頓飯，下午有點心，四季都做新衫，單獨擁有一個房間。剛進知如堂，銀花姨便受姨母差遣來照顧她，引領她摸索知如堂起居的諸多銋角。銀花姨是姨母的乳姊妹與貼身查某嫺，也是當前知如堂女性使用人的頭領。養母為她啟蒙，指點她讀《千金譜》，教導她打麻將。打麻將的牌腳，還有廚房大廚坤禮姨。坤禮姨出身沒落世家，談吐有致，因著廚子生涯遊歷四方，有說不完的人情故事。她的眼界忽然開闊了，日漸能夠讀書識字，曉得應對進退。

隨著年齡增長，她奇怪養母異常沉靜，在這大紅厝裡形同屋角的暗影。

「因為啊，我是細姨生的。」養母說。

她點點頭彷彿明白。

養母對她的反應微笑。

「咱阿蘭現今幾歲了？」

「九歲。」

「既然懂事了，之後跟著銀花和阿坤禮學做事吧。」

她說好。

養母說，學好了，以後妳啊——話沒說完，養母安靜下來。

我怎麼樣？她問。

養母安靜了很久。

「妳願意一世人留在這個大厝嗎？」

她說我當然願意啊。

養母便深深地看她。

她要到年歲更大一些以後，才明白那眼神的涵義。

養母喪夫返回娘家，安靜孤寂如少女往昔，姨母索性做主收養孩子，討點熱鬧氣氛。她養母說，沒想到收養的孩子腦袋精光，啟蒙一年就能背誦《臺灣三字經》，能打一手有條有理的麻將牌，她姨母於是起了栽培的意念。只是，一旦栽培成器，就要從此安置在這座大紅厝裡了。

但那時候她不知道。

她九歲進廚房，跟著銀花姨與坤禮姨學事。烹飪其次，關鍵是庶務。飲食財務緊繫廚房，吃喝更是切身要事，一家口的重心得從廚房開始。小她一歲的表姪女春子就算是長房大小姐，也還沒有進廚房的資格。她隱隱有種肩負起重擔的驕傲，感覺走路有風簇擁。

她在廚房裡結識了菜販的女兒月里。那是她第一個同齡的朋友，很快就成為姊妹伴。月里跟知如堂裡的使用人們一樣，稱呼她「阿蘭小姐」，她說叫阿蘭就好，但月里沒有改口。每當月里這樣呼喚她，她便胸口有潮動，湧出的情感像是身為知如堂表小姐的自負，又像是冒充別人身分的心虛。她在潮動裡起伏，甜美又憂傷。

她跟月里作伴的日子，胸口總有潮動。

月里體格健美，相貌清俊好看，但腦袋不靈活，算帳要比她多上一倍的時間。月里也不識字，她分享在書上看見的文句，月里只會苦笑。可是她喜歡月里的勤奮，喜歡月里的笑臉。夏天的清晨她們摸黑去挖竹筍，冬天的傍晚就在田地炕番薯。她每隔一陣子問月里要不要跟她學認字，月里次次都說我又不是阿蘭小姐，學了做什麼用？她想責怪月里不爭氣，但看見月里的笑臉就無話可說。

她以為她跟月里會是永遠的姊妹伴。直到十三歲那一年。

那一年的夏天她來了初潮。

初潮將盡的那天，遲至的晚霞豔紅宛如整個天幕都在燃燒。她胸口鼓脹而小腹酸痛，身軀裡面塞滿連她自己都不明所以的惆悵。竹林裡月里陪她散步，天光快要全部消失的時候忽然好小聲好小聲問她，「可以讓我看看嗎？」

她們躲進竹林濃蔭裡。

褲子向下稍褪，月里凝望著她的下身，她凝望著月里。

在月里輕輕撫摸她下身的時候，她屏息忍耐，感覺頭臉脹紅。是什麼在身體裡潮起潮落？她毫無頭緒。等到浪濤稍止，她才同樣好小聲好小聲說，「我也想看看妳的。」

她伸手進月里褲子裡去，觸到稀疏的體毛，光滑的肌膚，柔軟的肉摺，入口進去以後是溫暖濕潤的窄仄甬道，那裡面有黏水一點一點滲出來。

她與月里對望，兩個人的臉龐都像晚霞一樣紅豔。

「阿爸要我去做別人家的媳婦仔。我不想要那樣。」

月里說。

她凝望著月里那紅紅的臉龐，濕濕的眼睛。

「我想去臺中市街做工。阿蘭小姐妳，要不要跟我去？」

那一年，她和月里十三歲。

月里有個同村庄的遠親大姊，就在臺中車站附近的餐廳工作。月里跟大姊講定，某個禮拜日在臺中車站會合。只要去城裡工作，月里說，這樣就可以自己養活自己，過自己想過的日子了。

月里所說的，是什麼樣的日子呢？她茫然迷惑，可是身軀鼓脹，有什麼想要掙脫出來。她會想起那個濃蔭密布的竹林，胸口裡有什麼旋轉騰飛，令人目眩，不由得心有所感，比起一世人綁在這個大厝，隨心所欲的生活多好啊！而且她心頭更有一行行在書上讀到的字句浮現，有壯志，有豪情，可以出走遠行。

於是那個禮拜日的破曉之前，她摸黑進竹林。穿越竹林山丘，拾步走過小徑田埂，走過起伏的大肚山山腳坡道，在清晨的霞光裡抵達王田車站。她跟月里鑽進車廂，火車摜破風景似的疾速馳向前方，有清風湧到她臉頰上來。

她注視隨風湧來的窗外景色，眼睛一眨不眨，心跳加速。月里從後把下巴靠在她的肩膀上，說話時有細微的呼吸噴在她耳邊。「阿蘭小姐也很期待嗎？」月里這麼問，她便微笑起來點點頭。

可是，那個禮拜日她和月里並沒有等到那大姊。

臺中車站華麗的白色站房讓她和月里一來就深受震懾。這是她和月里頭一次踏進臺中，唯恐跟來人錯身而不敢走遠，只敢出了車站縮在角落，以眼睛描繪寬闊的廣場、蜂擁的人潮、群聚的大車、成山的貨物、筆直的大街，以及那成列的二層樓磚房。她和月里緊緊牽著雙手，發出驚歎。啊，她心想，這個城市未免巨大富麗得太過分了！那個時候，她不曾預料她們會在這個白色站房裡從天亮等到天黑，從亢奮到冷卻。

上午時分，以小販兜售的沾鹽煮鴨蛋充作早飯。午飯是鐵路便當，打開有白米飯、魚板、蒟蒻、豆子、蓮藕片和醃漬蘿蔔，還有一小片煮魚。內地人口味的便當，她和月里都很稀奇。月里吃得兩頰脹滿，口腹的喜悅令雙眼瞇起。她也是。只是她忍不住默算，帶在身上的一圓是她的全部積蓄，鴨蛋四枚十錢，便當兩個二十錢，來程車票兩個人三十四錢……。

日頭往西斜走，白色的站房漸次染上紅暈。原先高張的情緒點滴流失，她裡面有什麼跟夕陽同樣緩緩下墜，直到完全沉沒。數不清站房裡的小賣店店員和站務員來問了第幾次，「妳們的家人還沒來嗎？」站房外面，煤氣燈一盞一盞點亮起來，運送貨物的人群逐漸散去，她和月里靜悄悄走出站房。

「還要等下去嗎？」

「阿蘭小姐，不想等？」

「也不知道等不等得到。」

「會等到的。」

「……」

「阿蘭小姐想回家了嗎？」

「不是，只是，那今晚要睡在哪裡？」

她想了想，總算說：「我帶的錢恐怕也不夠吃飯。」

月里沉默下來。過了好久，月里說我們來的路上有好大片的香蕉園，有土地公廟，就去那裡吧。她到最後也只能同意。

那個禮拜日的夜晚，是她懂事以來最漫長的夜晚。

她和月里不敢闖入香蕉園，土地公廟邊一株高大的鹿仔樹綴滿橘色果實，她和月里搆得著的，全摘下來吃了。她久不習慣挨餓，不習慣蚊蟲與露宿，在小廟狹角泥土地上側著熱汗淋漓的身子一動不動，聽著月里細細的鼾聲度過那一夜。天際微微發亮，她和月里便起身沿路折回車站，早市裡分著吃一碗兩錢的粉粿。攤子邊，月里小聲問說阿蘭小姐後悔了嗎？她愣住，半晌才搖搖頭說沒這回事。

後來，月里那大姊出現在近午時刻。

那大姊在料理店當女給，不是正經場所，因為客人耽擱才抽不開身。她拉著月里小聲說這樣好嗎？月里就露出苦笑。那樣的苦笑她常見，在她跟月里分享書本文句，在她跟月里說我教妳讀書寫字的時候。

「阿蘭小姐，到底還是阿蘭小姐啊！」

她就是在那個時候跟月里徹底分別，往後也再不曾聽說月里的音訊。

許多年以後的她回想起來，那個十三歲的夏天熱極了。從臺中發車往王田，在中途的烏日車站下車只要十一錢。她買車票餘下的錢全給了月里。正午的日頭赤焰，她從烏日市街走回知如堂，越過筏子溪的途中，河面有清風湧到她汗濕的臉龐上來。她迎著風抬起臉來，濕漉漉的臉頰因為鹽分而刺痛不已。

那天，她在大肚山山腳坡道的上方看見銀花姨。羞愧讓她幾乎把臉低到胸口去，銀花姨只是過來輕輕摟住她的肩膀。回到那座大紅厝，銀花姨對每個人都說阿蘭是被魔神仔給拐走了的。就是那一天，銀花姨把使用人頭領的諸事都放下，親自取水給她洗頭擦身。廚房裡坤禮姨為她親自動手，以井水洗愛玉，生火蒸起四神糕。那一天滑進喉嚨裡的愛玉凍治癒乾渴，四神糕柔軟芳香，沉沉入腹為她壓驚。

「回來就好。」養母說。

但她想著姨母，知如堂的主人，不會趕她出門嗎？

銀花姨笑說沒事沒事。

「妳姨母是什麼人，怎麼會在意這種事情。」

桂竹涼蓆上她懷抱浮滿冰珠的鐵水龜，身體裡的燥熱暑氣風吹無痕似的消散了，飽腹感令她想哭。銀花姨持扇給她搧風，那風裡她想著火車車窗，想著筏子溪河面的風，想著姨母。

「妳姨母喜歡那個女扮男裝當宰相的歌仔冊，妳也喜歡，對不對？我啊，眼睛開始不好了，今後換妳唸歌仔冊給妳姨母聽吧。」

「……好。」

「做人啊，好比是在舞臺上面唱戲，要知道自己扮什麼角色，才能搬演一齣好戲。妳是巧巧人，應該明白了吧。」

「……」

「阿蘭，從今以後，有很多事情要換妳來做了哦。」

「好。」

「睡吧。」

「好……」

在銀花姨以扇子搧來風裡她睡去，她夢裡也有風，有蕭索的清風。

一眨眼那就是十五年前的事情了。

她細細回想這幾年的事情。這年的年底，二兄膝下那對雙胞胎中的姊姊恩子就要結婚了。七年前，大兄的長女春子遠嫁臺北大稻埕。十年前，二兄娶進細姨秋霜倌。十二年前，大兄大嫂老來得女，生下知如堂的屘千金雪子。屘千金出生那時，她已經十六歲，就一路照看瓩千金長大，看著嬌弱女嬰成長為優秀的少女。

漫長的日子裡偶然有些念頭會短暫閃逝，像有人悄聲問她這座大紅厝裡的女人們，究竟哪一種命運比較幸福？又為什麼幸福之間有差距呢？而她要的，是什麼樣的幸福？

但她從來沒有答案。種種問題都被她拋在身後。

她挾著水龜進瓩千金房裡，瓩千金和早季子小姐從棋盤裡抬起臉來，帶著笑容齊聲喊她阿蘭姑。她反手拿出秋霜倌手抄的書冊，對她們展示封面上的字樣：「陳端生再生緣第十三卷」。

瓩千金立刻挪開棋盤。

早季子小姐為此發出抗議，「這盤棋還沒有下完，雪想逃走嗎？」瓩千金笑起來說，「才沒有要逃呢，反正十盤裡面我會輸九盤，這盤算我認輸好了。」早季子小姐鼓起臉頰，小聲說我老是講不贏雪啊。

「午睡以後再吃點心，我記得早季子小姐喜歡愛玉的，是嗎？」

「是的，謝謝阿蘭姑。」早季子小姐說。

「那有我喜歡吃的嗎？」瓩千金說。

「要退火補氣，讓廚房做了四神糕。」她說。

瓩千金側頭去把下巴靠在早季子小姐的肩膀上，笑咪咪地說可是小早討厭四神湯欸。早季子小姐認真的回應說四神糕和四神湯是不一樣的點心啊。

她不介入話題，在旁看著瓩千金和早季子小姐的互動，常覺著迷陶醉。

兩個少女開始翻起書冊，瓩千金為早季子小姐讀起漢文字句：「第四十九回，詩曰：奇才迴出綺羅鄉，放得韋中考試郎。榜上三元名姓重，朝中一品股肱良。雷霆威望時同仰，冰雪聰明智獨長。卻使門牆桃李客，幾回疑鳳與疑凰。」瓩千金以臺灣話誦讀完畢，轉用國語解釋，「這一回是皇甫少華上奏皇帝，想要揭穿孟麗君女扮男裝的祕密，實現兩人原定的婚約。」

她微笑執起扇子，在旁給兩位千金輕輕搧風。

瓩千金和早季子小姐對剛到手的書冊相當起勁，旁若無人的討論起來。

「先前聽的歌仔冊和歌仔戲曲盤，似乎都是皇甫少華和孟麗君的曲折愛情故事。可是清國的小說《再生緣》才是最初的版本，是不是？這裡的孟麗君，跟後面歌仔冊的孟麗君不太相同。」

早季子小姐說。

瓩千金點頭附和。

「是呀！陳端生筆下的孟麗君充滿自信，比起跟未婚夫重續前緣，更想要做出一番事業，而且還會說出『如此閨娃天下少，我竟是，春風獨占上林枝』這種話呢。」

「這麼困難的漢文，我讀不懂。孟麗君的乳姊妹蘇映雪，在《再生緣》裡面是不是也不一樣？先前聽的歌仔冊，蘇映雪答應代替孟麗君跟壞人結婚，可是心裡喜歡皇甫少華。」

「小說裡面，蘇映雪也喜歡皇甫少華。不過，蘇映雪跟壞人結婚當天跳進河裡想要自殺，意外地被一對高官夫妻拯救起來，認作養女以後改名叫梁素華。後來啊，蘇映雪用梁素華的身分跟男裝的孟麗君結婚了喔。」

「咦——？」

「可是蘇映雪還是喜歡皇甫少華呢。」

「為什麼？怎麼會這樣？」

「小早這是什麼問題嘛。」

「比起皇甫少華，品格高潔的孟麗君是更值得喜歡的人，難道不是嗎？」

「這麼說也沒錯，可是兩個人都是女孩子喔！」

「兩個女孩子也沒有關係吧，不是已經結婚了嗎？」

「咦，好像要講輸小早了……」

她在旁聽著想笑，要忍耐不笑出聲音。

十三歲啊。

看著熙千金和早季子小姐的時候，她偶爾會想起昔日的自己與月里。但那只是偶爾。她和月里，熙千金和早季子小姐，這是多麼懸殊的雲泥之別啊。

連日的忙碌讓她困倦，她微笑而迷糊間有睡意。持扇搧風，竟然隱約感覺那像是火車車窗外湧來的風，又像是河面吹拂而來的風。她不覺靠在床緣牆邊，眼簾一點一點向下闔起，搖動的扇子靜止下來。

傷腦筋啊我這個人，她在濃厚的睡意裡心想，怎麼就在這裡要睡著了呢。

可是有人從她手裡輕輕地取走了扇子，讓她安穩躺下。

「我來搧吧。」

「我來就好了。」

熙千金和早季子小姐說完便安靜下來。

蒲扇搧風的聲響細細，節奏溫柔。

她依稀回到十五年前，銀花姨為她打扇的那個夏天。夢裡有清風，十三歲的她搭上火車馳往臺中車站，心底浮現銀花姨為姨母唸唱的歌仔冊句子，「麗君心內有主意，就對榮蘭來說起，主婢女子假男兒，趕到北京去赴試——」她凝望著車窗外的風景，月里把下巴靠在她的右邊肩膀上說話，「阿蘭小姐也很期待嗎？」她笑起來點頭。

可是啊，是這兩個千金小姐才有這個資格吧。

她微笑睡去而感覺眼角濕潤。

那火車上月里後來說的話她一點也記不得了，可是她牢牢記得，那一天她緊緊攀著車窗，窗外有風迎面吹來，她在清風簇擁之際心想她要做孟麗君，要做那個走闖出自己人生的孟麗君……

蟲姬

知如堂的眾人，都叫她秋霜倌。

她原是常盤町的藝旦，二十四歲那年，知如堂的二房老爺重金娶她入門做細姨。這座三代同堂的大紅厝由大房老爺夫人掌家，二房沒有女主人，老爺的阿母未曾正眼相看，省卻她做人細姨的一干細瑣煩擾，到來只需服侍一人。二房老爺熱中交遊，遍行臺中州詩社活動、體育會與仕紳茶話會，她連袂參與，自覺宛如一尊給人照得面子有光的金身菩薩。

她誠實說，做人細姨遠比從前做藝旦快活。單獨住在第一進右護龍的右間，不必幹活，不必盤擱，每天讀書寫字、聽鳥鳴、看歌仔冊，正頓點心都有使用人送進她房裡來。若非隨二房老爺出門，她便連日守著房間，可以一步都不踏出那方寸之地。要說哪裡不好，就是常覺時間漫長。

她由大紅厝側角入門的大正十二年，二房老爺是個喪妻數年的鰥夫，膝下有一對年齡恰恰小她一半的雙胞胎女兒。雙胞胎用一模一樣的好看臉蛋微笑看她，問她該怎麼稱呼好呢？她嘴角牽起同樣弧度的微笑說，以前人都叫我秋霜倌。此後，她不是誰的後母、阿姨，也不是誰的妯娌、誰的姊妹，不是誰的夫人，她只是秋霜倌。

「那麼秋霜倌的『倌』，是什麼意思呢？」

她聽見這話的時候一時怔然。

說話的人是知如堂的貴客，松崎家的清子夫人。

她還沒有反應過來，身邊另一側也有人發出聲音。

「直講就好，毋免掛慮。」

那是大紅厝的大房女主人素卿夫人。

兩位身分高貴的夫人地位對等，可是素卿夫人僅能聽懂簡單國語，無法流利口說。松崎家前來拜訪，便召她來做兩人之間的通譯。翻譯的人不說自己的話，她所以被問住了。

她重新端正坐姿，面對清子夫人。

「臺灣話說『倌』，是敬稱的一種。」

她想了想，補充說因為多是用在女性身上，也有本島人認為「倌」是對女性姿儀的讚美稱呼。

清子夫人便笑起來，說那您是名副其實呢。

怎麼會聊到這裡呢？她回想。

今天是本島人的清明節，內地人稱為春彼岸的春季皇靈祭。松崎家受邀赴知如堂過節，清子夫人便攜著女兒早季子小姐上門拜訪。女眷的午飯氣氛輕鬆，端上來應景的潤餅，餡料有各種春季的新鮮青蔬以及蛋酥、豆干、肉片、烏魚子、細糖粉十餘種，親手捲餅也有玩興。素卿夫人眼見自家女兒雪子與早季子小姐意猶未盡，私語說要去釣魚，便提起清明時節的本島風俗「鬥百草」。

鬥百草是什麼？清子夫人流露純真的疑惑。

鬥百草是藉著春天節慶到山野裡踏青，以採集植物珍奇多寡的程度一比高下的遊戲競賽。這樣的本島風俗，可以令孩子學習辨識食用、藥用的植物。素卿夫人指示下，她對清子夫人解釋說道，就像孔子命弟子讀《詩經》以「多識於鳥獸草木之名」，遊戲可比古老的漢文經典活潑多了。清子夫人點頭贊同，笑說確實需要知道這種事情呢。

是在那之後清子夫人發問的，那麼秋霜倌的「倌」，是什麼意思呢？

真不愧是怪人松崎家的夫人呀。

她微微笑，把話題再繞回來正題，為素卿夫人提問。

「說到要組隊伍鬥百草，清子夫人要跟早季子小姐一個隊伍吧？」

「是呢，遊戲聽起來相當有趣，早季子想必會很開心的吧。不過，會不會想要跟我這個母親一隊，可就難說了。」

清子夫人抿著嘴唇微笑，「畢竟有雪子小姐在呀！」

素卿夫人聽見笑起來。

她也笑，比素卿夫人內斂幾分。

「仰賴優秀聰慧的早季子小姐，素卿夫人說，我們家雪子小姐才會宛如不扶而直的麻中之蓬，成長為令人放心的好孩子呢。」

「哎呀，不如說正好相反，由於博學多才的雪子小姐在身邊，早季子也不敢輕易鬆懈了嘛。做人母親，深感早季子能夠遇見雪子小姐這樣的童年玩伴，實在是求之不得的運氣呢！」

「啊，做人母親啊，心情總是受到孩子們的牽引嘛。」

「可不是嗎？」

多像是唱戲呀。她想。

她、素卿夫人、清子夫人，三個人構成一個框框，像個戲臺子。戲臺上頭，劇碼總是大戶人家婦人的場面話。天候、節氣、家務、料理，還有孩子和孩子。

她不討厭清子夫人。

其實她也不討厭素卿夫人。

她討厭的是唱戲，以及明知道是唱戲，女人們還得活在戲臺上，認認真真把戲做完。

可是那天，肯定有誰出戲了。

那天鬥百草，早季子小姐與清子夫人母女一隊，雪子小姐與知如堂女性使用人頭領阿蘭一隊。兩個隊伍往大肚山山腰前行，說好一個鐘頭以後折返，統共一個時辰，到家應該是日頭落山的五點鐘。

五點鐘，阿蘭左右攜著雪子小姐與早季子小姐回來，人手一束花草。

怎麼沒看見清子夫人？

面對素卿夫人的疑惑，早季子小姐微笑說母親晚點會回來的，請不必擔心。話正說著，清子夫人的身影便出現在庭園，往內埕款款移步。春天的暮色早早降臨，清子夫人與早季子小姐辭謝晚飯，就此跟知如堂道別。

原本應該是這樣就要落幕的劇碼才對。

但就是送別的那個時候，清子夫人的束口手袋忽然出現騷動。

像是有什麼小東西裝在精緻高雅的手袋裡面，拚命想要向外跳出似的，前前後後、上上下下的鑽動不止。

「那麼，下次再來拜訪各位了。」

清子夫人彷彿渾然未覺，平靜如常地跟女兒一起坐入計程轎車。

待車遠走，她轉頭看向素卿夫人。

素卿夫人也正看向她，一臉被什麼所迷惑的模樣。

她想她那時跟素卿夫人是同樣的表情。

那手袋內底是蟲嗎？

必然是蟲吧。

松崎家的老爺是植物學家，妻子清子夫人擔任部分工作的助手，一到女兒早季子小姐寄宿知如堂的暑假，夫妻便結伴旅行高山。她聽聞過這樣的事情。明明出身尊貴，卻與山林草木為伍，真是一家怪人。不過，即使是怪人松崎家的清子夫人，束口手袋裡裝著蟲子這樣的事情，還是難以想像。

可是她後來回想卻失笑，必須忍耐笑聲滾出喉嚨。那不就像是戲臺上露出破綻的角色嗎？

清明節過後三個月是學生暑假。

特意送女兒早季子小姐前來寄宿，是松崎一家三口到齊的正式拜訪。隔日一早，兩位老爺招待松崎老爺到大甲溪河谷的明治溫泉。午飯後，雪子小姐和早季子小姐不知道哪裡玩耍去了。她就在那個時候被召到貴客下榻的外護龍。

「儘管說是到了夏天，盆景還是這麼好看，肯定是花費心力照料的呢。」

清子夫人以優雅的笑容說道。

素卿夫人也露出主人家應有的客氣笑容，回以合宜的話語。

「素卿夫人說，這可是託您的福，近幾年家裡面最好的盆栽，都是松崎家送來的禮物呀。」

這條外護龍取了雅號叫夢蝶簃，遍植繁花異草，四季都有花開。門窗外敞，就有清風送進花香。她、素卿夫人、清子夫人，屋裡三個人還是一個戲臺子。

她說話間，竟然有點想念清明節時清子夫人跳動的手袋。

是不是懷有同感呢？素卿夫人有片刻的安靜。

風吹微微，花香裡人聲沉寂下來，只餘滿室的蟬鳴唧唧作響。

「蟬啊……」

素卿夫人忽然以國語開口。

她和清子夫人不免因此都望向素卿夫人。

素卿夫人說：「有吃過蟬嗎？」

她愣住了幾秒鐘，才想到拿眼角餘光去看清子夫人。

清子夫人還抿著嘴唇微笑，如同以往那樣的矜持秀雅。

「蟬呢。」

清子夫人說，「飛行的時候，是依靠軀殼裡面的肌肉，牽引背部與腹部兩塊硬殼板子收縮與放鬆，才能夠搏動翅膀的。」

清子夫人慢慢放輕了聲音，像是說出一樁祕密——那塊肌肉生吃的滋味，跟蝦子一樣喔。

通譯者沒有自己的話，所以她沒有說話。

但她和素卿夫人都突然放聲笑了起來。

她想要比素卿夫人笑得再收斂些，卻實在忍耐不住笑聲外竄。

清子夫人同樣笑得露出唇齒，喉嚨笑聲滾動。

她在朗朗的笑聲裡心想，我這是在做夢嗎？

戲臺子陡然散架了似的。

我的吃法不一樣。素卿夫人說。

那是怎麼樣呢？清子夫人問。

趁著灶火將熄的時候把蟬丟入火堆，大灶溫度降低以後，蟬就燒透了，只吃蟬背底下的小小肉塊，焦香撲鼻，肉汁芬芳。素卿夫人說。

啊，那就是搏動翅膀的肌肉吧。清子夫人說。

因為肉太少了，必須捕捉好幾隻才能夠解饞。素卿夫人說。

以灶火悶烤，聽起來非常美味呀。清子夫人說。

是啊，是少女時代的事情了，真是令人懷念。素卿夫人說。

「那麼……」

她終於在口譯之間說出自己的話語：「那麼，有吃過筍龜嗎？」

那一天是奇妙的一天。

她、素卿夫人、清子夫人，三個人從散架的戲臺子裡走出來。

不只如此，她們三個人像是掉進兔子洞的阿麗思，在奇境裡並肩漫遊。

在那個奇境裡面，語言消失了，身分消失了，連時間也消失了似的。

——筍龜是什麼樣的蟲子？

——在竹林裡常見的，古早人以為筍龜是從筍子裡長出來的蟲子呢。

——跟烤蟬一樣，灶灰裡取出筍龜，去掉硬硬的部分，整隻都能吃。

——筍龜有長長的鼻子，拔起以後可以吸食裡面的汁液。

——聽起來是大象鼻蟲，果然能吃呢！

——那很好吃哦！童年時代經常抓。可是比起蟲，我那時抓更多的魚呢。

——我呀，抓了很多很多水雞。那時家裡的孩子輩，給我封號叫水雞王。

——我太愛蟲子了，少女同伴們不願意跟我玩，在背後叫我蟲姬。

她和素卿笑著問「蟲姬」是什麼呀？

清子說內地古書《堤中納言物語》裡有一篇故事，叫作〈愛蟲的公主〉，受人蔑視也不改本色的少女主角，就是「蟲姬」。

素卿說，著迷怎麼抓到更多水雞的那個時候，也沒有人可以理解我呢。

她在旁深深點頭，點完又點。

清子嘆息般地笑起來。

「那麼，我們都是蟲姬吧。」

啊啊，那是什麼令人目眩神迷的幻夢時刻嗎？

既像是漫遊奇境，也像是童話裡賣火柴少女的美好夢境。

她們聊著最喜歡的魚、水雞、蟲子。

她說我最喜歡的是紅貓，紅貓啊，是溪哥仔的公魚，從背部到腹部有十道藍綠色的光澤閃耀，然後呢，有一條淺紅色的斑紋從頭部穿到尾部，所以叫紅貓，那是非常美麗的魚哦。

素卿說我最喜歡的水雞也是美麗的水雞啊，叫什麼名字我不知道，是一種一寸長的小小的水雞，青色的背，鑲著四條銀斕，眼睛有金色的光芒。

清子說美麗的蟲子啊，玉蟲美麗得令人屏息呢，甲殼閃爍寶石般的光彩，那是赤金色、黃玉色、藍晶色、翠綠色、葡萄色的光彩，是令人不小心凝望而忘記時間的美麗蟲子，那就像是銀河，像是彩色的天虹啊。

她說可是那並不是最喜歡的蟲子吧。

素卿說是不是喜歡的蟲子太多了，選不出來呢？

清子說哎呀真是不好意思，因為我是貪心的人呢。

那一天她們離開夢蝶簃，越過知如堂的後門到後方的竹林裡去，彷彿身體縮小回到調皮的少女時光，摘下後門蓮霧老樹的粉紅色鈴鐺狀果實邊走邊吃。那一天，她們捉到許多筍龜和蟬，竹林裡掘洞生火，就地烤蟲分食。

「鬥百草那天在手袋裡面的，是什麼蟲呢？」

「是一種叫作黃臉油葫蘆的蟋蟀哦。本島啊，黑臉油葫蘆比較常見，所以那天看見的時候，便一心想要捕捉呢。這種蟋蟀的鳴叫聲如同樂器輕顫，連綿不斷，是動聽的美妙蟲鳴。」

「那也好吃嗎？」

「如果是黃臉油葫蘆的話，吃掉總覺得太可惜了呀。」

「啊，確實偶爾會浮現這種心情呢。」

「如果是紅貓……」

「如果是那小小的水雞……」

那一天是奇境冒險，是一場幻夢吧，兔子洞裡她們說了許多話語，說著說著墜進一個巨大深邃的洞，那個大洞是護龍的屋頂，是竹林的頂冠，她們往天空下墜，穿透雲靄，穿透風，穿透彩虹、雲霄、銀河，直到銀河的彼岸。

松崎老爺自明治溫泉復返以後，清子夫人告辭。

往後一個禮拜，松崎老爺與清子夫人將要攀登次高山。早季子小姐習慣這樣暑假安排，絲毫沒有離情地揮別了父母。

而她安靜地回到第一進右護龍的右間，照樣固定時刻有三頓飯一頓點心的每一天。二房老爺出門，她便隨同，如一尊無名無姓的金身菩薩。碩大赤紅如烈焰火燒的華麗老厝，她把自己摺在一個房間裡面，有時會想起她出世的那個家，那也是肖似的一座大紅厝。

少女時代的幻夢啊。她摺在那房間裡回想而微笑。哪怕總是會甦醒，幻夢時光還是這暗角裡最甜美的夢。

她原是南投牛運堀的張家大厝三房的小女兒。家人輕易丟掉她，她便也輕易丟掉了名姓，丟掉了她自己。她同樣丟掉彼時有人為她起的美麗愛稱「青」。像丟掉她的脾性如今眾人都叫她秋霜倌。她不是誰的後母、阿姨、妯娌、姊妹、夫人、僅僅只是秋霜倌了。

唧——嘖嘖嘖嘖——

是仙尪仔。

她在那叫聲裡眨了眨眼睛。

身邊的一側是素卿夫人，另一側是清子夫人。

松崎老爺與清子夫人前來接回早季子小姐的日子，等候晚宴開席前的夢蝶簃起居廳，還是她、素卿夫人、清子夫人。

「這次的登山，想必有許多收穫吧。」

「託楊家的福，由於深明不必掛念早季子，才能夠讓工作順利地推展。」

「是松崎家的各位信賴我們的緣故。每年的夏天，因為這份信賴，我們也倍覺喜悅呢。」

啊，她心想，儘管早有預期，但幻夢的甦醒果然還是令人悲哀呀。

就是那個時候，唧——嘖嘖嘖嘖——的鳴叫聲響徹屋宇。

她眨了眨眼睛靜默下來。

素卿夫人與清子夫人也是。

人聲寂靜的片刻，彷彿有什麼隨著鳴響穿透了夢蝶簃的屋頂，直上雲霄，到達銀河的彼岸。

「仙尪仔啊，」素卿夫人說，「有的地方叫作蟮蟲仔呢，說不定被當成蟲子的一種了。」

「這樣呀，那也可以吃嗎？」清子夫人笑說。

她低下頭想要忍住，到底忍不住嘴角上揚起來。

媽祖婆

我們一早就啟程了。天氣正好，青藍色的天幕，雲朵高高堆起，大肚山坡油綠的山林閃耀日光，有風挾帶水田與水圳的清涼氣味習習而來。女學校開始放暑假的七月熱天，選擇吉日步行前往媽祖廟參拜，是我們九歲以後的慣例。行了，我知道的，我不能再說「我們」了。我是恩子，她是好子，儘管同一天誕生在這個世界上，我們終究只是「陳恩」跟「陳好」，無法永遠都是「我們」。

即使早就認清世間總有無法改變的事情，我也還是會產生不滿之情，能夠做的只是想辦法排遣罷了。

就像我對「恩子」這個乳名實在不滿。以國語發音的恩子（ONKO）已不好聽，臺灣話的「恩」（UN）加上「子」（KO），不就是罵人的髒話嗎？往昔的本島人既然對國語並不熟悉，為什麼要勉強在名字後面加個「子」來當作愛稱呢？「好子」（YOSHIKO）就好聽多了，真是萬幸，肯定是媽祖保佑。我曾經跟好子說，不如我改名叫惠子（KEIKO）吧，恩和惠兩個字的意思是一樣的。好子就笑我說這樣一來會跟大哥惠風（KEIKA）撞名呀。唉，我說算了吧算了，好子的名字好聽，這樣就行了。
我真是這麼想的。我們之中有一個人好，那就好了。
可是，儘管我長久懷抱這樣的念頭，認為我們是「我們」，到底我還是得迎來只有「恩子」的那一天。
這樣鬱悶的心情，我仍然沒想到辦法排遣。
女學校的暑假，已經許久跟我們沒有關係了。卒業幾個寒暑過去，我即將在這個年底結婚，對象是學田的小商戶許家。好子不結婚，預備留在二房扞家。如此一來，我便不能再自稱我們了。我也不想跟未來的丈夫這樣自稱。女人啊，為什麼非得要結婚呢？我不想結婚，可是我需要孩子。奇怪，這個世間沒有哪個地方、哪個什麼科學機器，可以讓我直接誕下擁有相同血緣的孩子嗎？
我跟好子說了這樣的想法，好子說：「內地恐怕沒有，不知道美利堅會不會有呢？」
「明明都說是文明的時代了啊。」
「說不定二十一世紀會有呢。」
「二十一世紀啊，那個時候人類會生活在月球上吧，或者火星？」
「可以跟火星人生下孩子也說不定喔。」

「我不要跟火星人生下孩子，只要有兩個可以繼承家業的孩子就行了。」

「這樣說起來，到了那個時候，地球人還會重視這種事情嗎？」

「這樣說起來，我們現在的努力又是為了什麼嘛！」

「不就是為了活在這個時代嗎？」

「哎呀，好子真會說呢。」

我們東拉西扯，不知不覺聊到「宇宙的盡頭到底是什麼模樣」這種天馬行空的話題。抵達豐原媽祖廟的那時，我們一起發出相同的疑問：「宇宙和神明，哪一個比較遙遠呢？」不愧是雙胞胎姊妹。當然，我們同樣沒有答案。

每年的這個時候，我們都會參拜媽祖廟。

事情的開端，是大正八年十二月那場全島流行的嚴重感冒。我們和阿母都染病，或許是照顧我們太費神，阿母的病情迅速惡化，年底最後一天就走了。那一年，我們八歲。好子的感冒引起支氣管和肺臟發炎，一路拖到隔年的熱天高燒復發起來，是家裡的使用人阿保叔奔走帶回媽祖廟的靈符，喝過符水的好子當夜退燒，總算身體逐漸康復。從那之後的每一年熱天，我們便都參拜媽祖廟。

家裡有人力車，也有轎車，唯獨這一天參拜，我們會全程步行。當初使用人阿保叔的靈符求取自豐原媽祖廟，所以我們年年在這個時節擇一天晨起沐浴，用過素菜早飯，自王田車站搭乘火車直驅豐原，下車散步至媽祖廟。早年有阿爸帶領，我們就讀高等女學校以後，就是自行前往了。

廟埕前，阿保叔已經等在那裡。

「二小姐、三小姐！天熱，先來飲黃梨汁！」

一見我們，阿保叔就笑著招呼。

我們，不，是我點點頭。好子走路稍喘，掩嘴輕輕咳嗽。慢性咳嗽是好子病癒後留下的老病灶。

「黃梨汁治嗽！」阿保叔說，立刻走在前面帶路。

以前阿保叔專職管理家裡前後方的果園和田地，還給外地讀書的惠風大哥跑腿。大哥赴內地讀書以後，阿保叔轉到豐原做事，笑說豐原是熱鬧的好地方，好米好水，又有媽祖婆看顧。從此融入媽祖廟口的生活，像個喝葫蘆墩圳圳水成長的在地人。

我們跟著阿保叔在廟口附近老樹下站定，從攤販那裡接過盛著黃梨汁的玻璃杯，小口小口喝起冷飲。好子向來喝得慢，我也半口當一口喝，含在嘴裡溫熱了才吞嚥。我們還在喝第二口，阿保叔那杯已經見底。

阿保叔吐出一口長氣。

「啊，也到二小姐要嫁人的時陣了！莫怪人講，一晃過三冬，三晃一世人哦！」

肯定是想起當年的事情，阿保叔以緬懷過去的悲憫眼神看著我們，令我不由得感到好笑。阿保叔同情我們年幼喪母，可是我有好子，好子有我，我們明明就不是那種身世悲慘、需要他人憐恤的失恃少女。

「阿保叔，最近有沒有什麼好玩的事情？」

「有喏，媽祖廟後殿的鳥居，有燕仔築巢！真正奇怪，那鳥居平直，竟然給這些燕仔……」

如我所料，只要起個話頭，阿保叔自顧自能講一天的話。

好子淡淡地看我一眼。

我知道那是什麼意思。好子是好人，嗔怪我沒要認真聽阿保叔講話，對人的態度散漫。可是，我們之中有一個人是好人就行了嘛。

好子又看了我一眼。

唉。好吧。阿保叔講到哪裡了？

「——咱媽祖婆靈驗，連內地人都知道。有個內地女人，時常來予媽祖婆燒香拜拜，比這賣黃梨汁的還要勤勞！」

「內地女人來拜媽祖婆？阿保叔真愛講玩笑。」

「我無騙人哦，三小姐，妳問這賣黃梨汁的就知！」

那賣黃梨汁的攤販點頭附和，說那內地女人每來參拜媽祖婆，都會過來喝杯黃梨汁，再給丈夫送去一杯。什麼嘛，這叫作醉翁之意不在酒吧，我差點脫口說這女人肯定只是喜歡喝黃梨汁。

「原來啊，那個內地女人，是豐原車站站長的少年夫人！」

阿保叔口沫橫飛說，兩位小姐可能會遇著哦，那個內地女人時常在上午出現，一軀高貴美麗的和服，真正顯目。

既然都講到這種地步，我倒也想見識看看那是什麼樣的女人。

「內地女人不去神社，卻來參拜媽祖婆，不知道祈求的是什麼願望？」

好子說出我的心聲。

阿保叔咧開嘴笑。

「必然是媽祖婆靈驗！所以啊，二小姐、三小姐，也要時常來拜媽祖婆！」

阿保叔本名媽保，從名字就知道父母輩是信媽祖婆的，阿保叔確實也是一出世就認媽祖婆做契母了。但凡講起媽祖婆的故事，阿保叔必定從頭講到尾。儘管我早就聽到煩膩，由於好子在旁，只好忍住不耐的心情側首聆聽。

阿保叔唸唱般的拉開嗓子，那是古早古早，宋朝的湄洲島，一戶姓林的捕魚人家，生下出世不哭的女嬰號名叫默娘，這默娘自幼有靈通，少女年歲遇見老神仙，習得一身法術神通大智慧，收服妖怪大將做弟子，正是那千里眼與順風耳。某一日默娘眠夢，眼見陣陣狂風暴雨，一艘舟船翻騰海浪間，有人失足掉落海，竟是默娘的老父與兄長！猶不過，彼時默娘縱身剛剛救起老父，一時聽見萝外老母呼喚而清醒，錯失拯救兄長的好時機……

好奇怪不是嗎？為什麼默娘會先救老父呢？每回聽到這裡我都心想，要是落水的是姊妹，或許媽祖婆不會先救父親吧。換作我，毫無疑問是先救好子的。

好子也正看向我，微微一笑。我知道我們想的是同樣的事情。

我們也同樣不會把這冒犯神明的話語說出來，畢竟不好讓阿保叔聽見這種天打雷劈的話嘛。我們是現代教育成長的一代，相信科學主義的一代，可是我們也沒有拋棄舊慣的神明信仰。哎呀，宇宙和神明的存在，是哪一個比較遙遠呢？

我啊，或許沒有信仰吧。

不，或許，我的信仰就是好子。

我深刻的童年記憶全是從全島流行性感冒那一年開始的。儘管我對阿母沒有印象，可是好子高燒臥床的病容，以及好子高燒最嚴重那天所說的話語，我卻一點也沒有忘記。

「我死掉了也沒關係，因為還有恩子活在這個世界上。我們兩個，有一個活著就可以了。」

好子說這話的時候，我趴在紅眠床邊凝望著好子。

那個紅眠床邊看見好子臥床的景象，就是我記憶的起始點。

從此以後，我們的記憶都是一樣的了。

我們同樣起居進退、吃飯穿衣、上學讀書。睡前我們長長的訴說白天獨自經驗的每一個活動片段。我跟同班的某某閒聊了什麼，授課的老師跟好子指點了什麼。我和好子共享記憶，如同共享食物衣服床褥書冊。久之回想昔日往事，無法分辨經歷某件事情的究竟是我還是好子。所以，我不說「我」，好子也不，我們就是「我們」。

有一件與共享記憶同時發生的奇妙事情。八歲以前，我們跟家裡人一樣都講臺灣話。八歲以後，彷彿是一夕之間我們便改講國語了。而我們的國語腔調，也跟其他本島人的國語腔調並不相同。我們曾經討論這件神奇奧妙的小事，心想是我們自己構築了我們所在的宇宙吧。

死去的阿母不在這裡，活著的阿爸不在這裡。知如堂的每一位家人，阿嬤、大伯、大姆、春子大姊、惠風大哥、阿蘭姑、寶釵姨婆……，沒有人在這裡。我的宇宙只有好子，好子只有我。

如果宇宙有神明，好子就是我的神明。
讀女學校的時候，修身課的長澤老師私下找我們去談話。
「妳們各自最要好的朋友，可以告訴我嗎？」
我說是好子，好子說是我。
長澤老師就搖頭，嚴肅說這樣不行啊。
「姊妹總有一天會分開，請想想未來的事情吧。感情再好，兩個人也是要吃兩碗飯，不是嗎？」
我們不服氣。那天開始，我們每餐飯只吃半碗，遭到學寮寮長責難也沒有改變。長澤老師聽說了，又叫我們去談話。
「真是笨蛋。飯可以兩個人分一碗，難道可以兩個人跟同一個人結婚嗎？等到姊妹結婚，各自分開以後，一個人要怎麼生活才好呢？」
我們不服氣，可是無法反駁。卒業以後，果然必須面對這樣的事情。知如堂楊家是招贅的家族，我們二房從贅婿阿公的姓氏，阿爸卻沒有誕下男嗣。我一度暗自心想，贅婿的公媽神主牌，就算丟棄應該也沒有關係吧，沒有想到阿嬤早有盤算，好子留在二房扞家，我跟許家的兒子結婚。由於門戶地位不相當，許家簽定契書，願讓次子從母姓，如此一來陳家香火便繼承有望了。

直到那個時候，我們才領會，我們是兩個人，是陳恩跟陳好。
我們不能再是「我們」了。
好奇怪不是嗎？為什麼女人一定要結婚、一定要生下孩子呢？真是教人無奈的世界。
不過，即使如此也沒有關係。
這個世界如果有神明，有媽祖婆，那我的媽祖婆就是好子。
玻璃杯還給賣黃梨汁的攤販，我們與阿保叔一同走龍門進廟宇。
香煙裊裊上升，我透過煙霧凝望媽祖婆，對著神龕裡面那少女臉孔的媽祖婆喃喃說話。媽祖婆在上，信女陳恩與舍妹陳好，誕生於大正元年古曆六月十三日，家住臺中州大屯郡烏日庄大字勝脣小字頂勝脣知如堂，在此向媽祖婆請安問候，感恩過去一年的保庇關愛，敬請護佑我們出入平安、身體健康……
往年也是同樣的祝禱詞，每一年我的默禱都如同留聲機上轉動的曲盤，漫不經心地自動播放。可是今年不一樣，我在心底一個字一個字的清晰唸出禱詞。媽祖婆啊，拜託讓我的丈夫體魄健康，令我盡早生下強健的兩個男孩吧。等到兩個男孩順利成長到不致夭折的年歲那時，要是可以再來一場全島流行的感冒，讓丈夫早亡就太好了。無論如何，這一輩子，我還想繼續跟好子自稱「我們」啊。

嗯，我稍稍停頓了一下。這種願望媽祖婆會願意實現嗎？

算了算了，如果媽祖婆不願意實現，到時我再去拜大聖王或王爺公好了。

前殿後殿參香，燃燒金紙，參拜結束後我們跟著阿保叔走虎口出廟宇。

出去的時候，廟埕裡我們跟一個內地女人擦身而過。

阿保叔對我們使著眼色。這位就是傳言中那位站長的少年妻子了。

我回身過去，看見那穿著華麗和服的女人彷彿被廟門吞沒，消失在廟宇的陰影裡面。內地女人來參拜媽祖，祈求的究竟是什麼願望呢？是懷抱著對站長丈夫的關愛之情嗎？我完全無法明白啊。

「恩子。」

好子在前方幾步發出呼喚。

我回身趨前去牽起好子的手。

前方的前方，上方的上方，是開闊光亮的藍色天空、白色雲朵。風裡有線香濃郁，有黃梨汁甜蜜的氣味。

「要不要再喝一杯黃梨汁？」

我們同時這麼說。

「還要吃雪花齋的冰沙餅。」

阿保叔從旁聽見，哈哈大笑。

我跟好子也笑起來，對彼此點點頭說好。

我跟好子，不，不是「恩子」跟「好子」，我知道總有一天我們還會是「我們」。

媽祖婆啊，請祢保佑。我打從心底深處發出祈求。未來的人生長路，我們還要一起走，走到遠方的遠方……

【附錄】

「歷史小說」以上，「時代小說」未滿——臺灣本土歷史小說的天路歷程

楊双子

臺灣有歷史小說嗎？如果有，時代小說呢？

時至二〇一八年的今日，我們或許是該回答這樣的問題了。

在日本，「歷史小說」與「時代小說」各自存在明確的文類定義。對當代臺灣的一般讀者而言，日本歷史小說與時代小說的分野模糊不清，也沒有釐清二者的必要。尤有甚者，日本知名時代小說家藤澤周平《蟬時雨》二〇一六年中譯本再版發行，仍保留旅日作家李長聲二〇〇六年所撰序文〈蟬噪如雨鄉土情〉，內文全以「武俠小說」代稱這個文類，足見「時代小說」文類在臺灣幾乎無人重視。

儘管如此——不，應該說，正因為如此，要回答臺灣是否存在「歷史小說」與「時代小說」兩個文類，我們必須從日本談起。

日本作為他山之石，可以攻臺灣之玉

日本歷史小說與時代小說的差異何在？

這個議題複雜，本文僅提出公認的主要差異在於：日本歷史小說通常以日本戰國時代為背景，以真實歷史人物為故事主角，且主角多為著名的武將；日本時代小說通常以日本江戶時代為背景，以虛構人物為故事主角，主角多為庶民、浪人。更簡明地說二者之別，即是日本歷史小說以真實歷史為背景，以真實人物為主角；日本時代小說以真實歷史為背景，以虛構人物為主角。

李長聲將「時代小說」稱為「武俠小說」，或許是著眼兩個不同文類的共通元素：男性、庶民、江湖、俠義……。然而實際上，迄今日本仍然不存華文世界定義的「武俠小說」，如同華文世界尚無日文語境裡的「時代小說」。換句話說，這是文化翻譯過程裡找不到精確的對應辭彙，權衡之下的文類名稱挪用。要直到近年臺灣歷史小說出現寫作熱度，自日文援引而來的「時代小說」辭彙才逐漸浮上檯面，受人正視為有別於「武俠小說」、「歷史小說」的文類。

然而，「歷史小說」與「時代小說」在臺灣，都是尚未完備的文類。

近年這波臺灣歷史小說創作的熱度得以復興並且維持，顯見是因為二〇一一年「全球華文文學星雲獎」與二〇一五年「臺灣歷史小說獎」的設立，以及後續連年的穩定舉行。後者直接以「歷史小說」之名及高額獎金為號召一舉打響名號，格外使這個文類受到矚目。儘管如此，「全球華文文學星雲獎」對「歷史小說」並無任何釋義，「臺灣歷史小說獎」亦僅透過獎項宗旨傳達徵獎方向：「鼓勵臺灣歷史小說創作，以孕育、激發臺灣人對於斯土斯民的歷史情感與想像，深化臺灣人的土地認同和文化認同。」凡此種種，皆令「歷史小說」定義始終未明。

臺灣學術領域少有歷史小說文類研究，商業書市罕見歷史小說作為類型文學的系統性創作方法論，並且二十一世紀以來暢銷與經典兼具的當代臺灣歷史小說堪稱闕無，因而這批創作者即使有意尋找摹本，仍然受到諸多局限，最終的創作成果毋寧說是土法煉鋼，各顯神通。

也是因此，我們是時候該回答當代臺灣是否存在「歷史小說」的問題了。

臺灣本土歷史小說的回首與遠望

「歷史小說」究竟該怎麼定義？

以大眾文學的「類型」來論，推理、愛情都有大致固定的敘事公式，奇幻、科幻雖無敘事公式，卻存在總綰核心讀者認同的類型元素，然則歷史小說質量貧弱，相對來說並無歷史小說迷群，枉論所謂敘事公式與類型元素的共識。在這個條件上來說，臺灣「歷史小說」這個大眾文學類型從未真正成熟。現階段的歷史小說輪廓模糊，通常指向使用「歷史事件」、「歷史人物」為主題的虛構小說，而最廣義的狀態，但凡運用歷史元素的虛構小說，便可以劃分為歷史小說。

順著這個理路，著眼二十一世紀第二個十年以來的臺灣歷史小說探索與發展，大致可以窺見創作者走出了粗略劃分的兩種路線。

其一，是承繼臺灣傳統大河小說的血脈，結合國族議題與歷史事件所寫的歷史小說。由於題材與風格，相對容易被視為嚴肅文學／純文學創作。以此為基礎，這一類發展出變體，取徑具有歷史元素的大眾文學如武俠、戰爭、商戰小說，包括中國歷史小說與中國網路愛情小說，生成了題材相較於臺灣傳統大河小說更為活潑的歷史小說。代表作家為陳耀昌、巴代、朱和之。較為特殊者是謝金魚。

其二，是正視歷史小說作為大眾文學的一分子，明確聚焦在分眾讀者的閱讀樂趣面向之上所誕生的娛樂小說創作。同樣以真實歷史為故事舞臺，故事主軸與主角卻多半不是國族政治的歷史事件、歷史人物。這類歷史小說積極結合其他大眾文學類型如推理、愛情、奇幻等元素，有望建構出獨立的大眾文學類型。代表作家如何敬堯、瀟湘神、唐墨。筆者楊双子，也屬這個路線。

綜上所述，臺灣歷史小說創作粗略劃分的這兩種路線，或可以參照日本歷史小說與時代小說兩個文類，進行操作型定義上的區別：第一類即「歷史小說」，以真實歷史為背景，以真實人物為主角；第二類即「時代小說」，以真實歷史為背景，以虛構人物為主角。

當然，這是筆者片面的觀察與論點。

至於這樣的觀點能否為讀者眾人所接受？

事實上，論點是否被接受並不重要，眾人各自拋出論點以凝聚共識，才是一個文類能否生成的關鍵。

臺灣本土歷史小說／時代小說的建構可能

筆者對當代臺灣本土歷史小說的初步觀察，明顯存在許多不足之處，需要更多論者、更多不同角度的論述。可是，如何建構一個大眾文學文類固然需要拋擲論述的評論者，根源處更需要創作這個文類的後繼者，而這些後繼者的創作，也實是對文類的論述實踐。

也就是說，評論者以論述性文章，後繼者以小說創作，共同對「什麼是歷史小說？」這個問題給予回應，直到逐漸獲得共識，作為大眾文學一個類型的「歷史小說」才有可能真正誕生。同時，也可能誕生「時代小說」。

一個文類的生成，必須仰賴後繼者與評論者。

這也是筆者片面的論點。

在二〇一八年的今天，臺灣本土歷史小說確實已存輪廓雛形，日後是否有足夠多的後繼者與評論者，得以催生「歷史小說」／「時代小說」？如今我們尚且沒有篤定的答案。

可以確知的是，大眾文學文類的生成，與時代脈動密切相關。

就讓時代回答我們吧。

九　歌　文　庫　　1　2　8　7

花開少女華麗島

國家圖書館出版品預行編目（CIP）資料

花開少女華麗島／楊双子著. -- 初版. -- 臺北市：九歌，2018.06
面；　公分. --（九歌文庫；1287）
ISBN　978-986-450-189-2（平裝）
857.63　　107005505

作　　者——楊双子
責任編輯——羅珊珊
創 辦 人——蔡文甫
發 行 人——蔡澤玉
出　　版——九歌出版社有限公司
臺北市 105 八德路 3 段 12 巷 57 弄 40 號
電話／02-25776564・傳真／02-25789205
郵政劃撥／0112295-1

九歌文學網　www.chiuko.com.tw

印　　刷——晨捷印製股份有限公司
法律顧問——龍躍天律師・蕭雄淋律師・董安丹律師
初　　版——2018 年 6 月
初版 2 印——2022 年 12 月
定　　價——300 元
書　　號——F1287
I S B N——978-986-450-189-2（平裝）

（缺頁、破損或裝訂錯誤，請寄回本公司更換）
版權所有・翻印必究　Printed in Taiwan